# 水曜日の手紙



森沢明夫

角川文庫
22868

目次

誰かの言葉があなたを変える。
あなたの言葉も誰かを変える。
そうして世界は変わっていく。
今日はどんな言葉を口にする？

# 1章　井村直美の空想

わたしは家族の誰よりも早く起きて、誰よりも遅く寝ている。
早起きをするのは、夫と息子たちに朝ごはんを作り、お弁当を持たせるため。
遅くまで起きているのは、誰にも見られたくない「秘め事」をするため――、とい
っても、法に触れるようなことをしているわけではない。
日記をつけているのだ。
家族が寝静まってから、こっそりと。
リビングの壁掛け時計の秒針の音に少しずつ心を削られながら、独りきりの空間で、
なるべく素直な自分になって言葉をしたためていく。
本当は、文章を書くのはあまり得意ではない。
むしろ苦手な方だとすら思う。
でも、わたしの日記はとても短いから大丈夫。見開き一週間のシステム手帳に、ほ
んの数行の想いを書き込んでいるだけだから。

ただし、言葉は、ちゃんと選ぶ。

その日、わたしの胸のなかに生じてしまった「心の毒」を、素直な言葉に変換するためだ。そして、ぽつり、ぽつり、とひとりごとをこぼすように、弱い毒が溶けた言葉のしずくを手帳の上にたらしていく。そんな感じ。

日記を書くという行為は、わたしにとって「浄化」なのだと思う。書き終えたとき、気持ちが少しだけラクになっているのがその証拠だ。誰かに愚痴を聞いてもらったときとよく似た、小さなカタルシスを覚えている。

毒を出すのは、快楽だ。

だから日記を書くことは、わたしの習慣になった。

はじめて書いたのは、一年ほど前のことだった。職場の上司のパワハラ発言にひどく腹を立て、思わず罵詈《ばり》雑言を書きつけたのがはじまりだ。その後は、義母のいじわる、夫の鈍感さ、親離れしつつある息子たちへの不満を書きつけ、社会を愚痴り、天候に文句をつけ、テレビドラマのオチにまで悪態をついて、それを文字というカタチに換えていった。

言葉は、ときに人の心を傷つける。

でも、こっそり手帳に書くだけなら、誰も傷つけはしない。

だから、わたしは安心して、自分のなかの「毒」を吐き出し続けてきたのだ。

浄化、浄化、と胸裏で唱えながら。


五月の緑風が、さらりと襟元を吹き抜けた。

無垢《むく》の木で作られた瀟洒《しょうしゃ》なカフェのテラス席――。

豊かな香りのアールグレイが注がれた白いカップのなかで、木漏れ日がひらひらと揺れた。

「ふう」

わたしは、思わずため息をもらしていた。

高級住宅地って、吹く風にまで高級感があるんだなぁ、などと感心してしまったのだ。

「なぁに、直美《なおみ》、急にため息なんてついて」

そう言って、テーブル越しにおっとり微笑んだ伊織《いおり》のシルクのブラウスも、清爽《せいそう》な風をはらんではたはたと揺れている。

「なんか、しみじみ素敵なカフェだなあって」

「でしょ。この店、きっと、すぐに有名になっちゃうと思うよ」

オープンしてちょうど三ヶ月の「パティスリー・ミハル」は、レアチーズケーキと紅茶のミルフィーユが絶品で、その評判はいま口コミで一気に拡散されつつあるらしい。

それにしても、わたしがこういう洒落《しゃれ》た店に来たのは、いったい何年ぶりだろう？　清楚《せいそ》な服をさらりと着こなす伊織は、この店の空気によく馴染《なじ》んでいるけれど、高校の同級生とのお茶会だからとばかり、うっかりカジュアルな格好で来てしまったわたしは、ひとり浮いているのではないかと不安になる。

伊織とわたしは、かつて硬式テニス部でともに汗を流した仲間だった。親友とまではいかずとも、お互い四十の大台に乗ったいまでも、年に一度か二度くらいは、こうして顔を合わせ、近況を報告しあう仲だ。

「ひとつ向こうの通りにも素敵なカフェがあってね、そこは犬と一緒に入れるから、うちもよく使ってるんだよね」

伊織は、ここから歩いて五分ほどの一軒家で、大型犬を飼っている。ハンサムな旦《だん》那《な》さんと二人で、犬を我が子のように可愛がる様子をSNSにアップしているから、その優雅な暮らしぶりは皆の知るところだ。

なんか、違う世界の人になっちゃったなぁ――。

午前十一時の明るい光を浴びた伊織をまぶしく眺めながら、わたしは「ふうん、いいね、それ」と曖昧《あいまい》に相槌《あいづち》を打っていた。

するとFILLER伊織が「あ、そういえば、今日は水曜日だよね」と、いきなり話題を変えた。

「え、そうだけど」

「直美、水曜日郵便局って知ってる?」

水曜日? 郵便局?

「知らない。なにそれ」

わたしは、首を振った。

「えっとね……、ごくふつうの水曜日に、自分が何をして、何を思ったか。そういうのを手紙にしたためて水曜日郵便局宛てに送るのね」

「うん……」

「で、その郵便局に全国から集まった手紙を局員さんがシャッフルして、見知らぬ誰かに送ってくれるわけ」

「ってことは――そこに手紙を出せば、見知らぬ誰かから手紙が送られてくるってこと?」

「そう。ようするにね、見知らぬ誰かと、ふつうの水曜日の日記みたいな手紙を交換できるサービスなの」

「へえ」

「なんか、素敵だと思わない？」

「うん。まあ、おもしろそうかな。昔の人がよくやったボトルメッセージだっけ？海に流すアレみたいな感じだよね」

「ああ、そういう感じかもね。偶然性があって。でもね、わたし的には、書かれている内容が、あえて水曜日の出来事っていうのがいいんだよね」

そう言って伊織は、人気のレアチーズケーキを口に入れて、「うーん、やっぱり美味《お》しい《い》」と目を細めた。なんだかそういう仕草まで優雅になった気がする。

わたしも紅茶のミルフィーユをパクリと食べて、「これも美味しいよ」と話を合わせた。

「直美も、やってみれば？」

「え、何を？」

「だから、水曜日郵便局」

「伊織、やってるの？」

「やってるから勧めてるんじゃん。なんかさ、忘れた頃に見知らぬ人から手紙が届く瞬間って、すごくどきどきするんだよね。しかも、手紙を読みながら、その人の水曜日に思いを馳《は》せるのも、ちょっとロマンチックな感じなの」

「ロマンチックかぁ……」

最近の自分には、もっとも縁遠い単語かも知れない。

「あ、もちろん、ロマンチックといってもね、送られてきた手紙が田舎のおじいちゃんからだったり、悩み多き中学生の男の子からだったりもするんだけど。でもさ、そういうごくふつうの人たちが、小さなふつうの人生を歩んでいて、それぞれに色んな思いがあって、必死に生きているんだなっていうのが伝わってくると、これが、なんか、こう、しみじみいいんだよねぇ」

小さなふつうの人生——。

必死に生きている——。

玉の輿《こし》にのって、きらびやかな生活を送っている伊織が口にすると、どこか鼻につくような気がしてしまうのは、きっとわたしの心が汚れているせいだろう。女も四十になれば、もはや純白でなんていられない。小ジワの数に比例して、心にもびっしりと錆《さび》が浮いてくるものだ。

「なるほどね。じゃあ、ネットで調べてみて、時間があるときに、わたしも手紙を送ってみようかな」

こんなふうに、微笑みながらさらりと嘘をつけるようになったのも、オトナになればこそだ。

「うん。直美はロマンチストだから、きっとハマると思うよ」

ハマらないよ。

そう思いながら、わたしは微笑んでみせた。そして、持ち手の小さなティーカップを手にした。うちの近所にある喫茶店と比べて値段が三倍もする紅茶なのに、ポットで放置しすぎたせいか、やたらと渋い。

「水曜日郵便局って、いわゆる本物の『郵便局』が運営してるわけじゃなくてね」

伊織は嬉々《きき》として、わたしには興味の持てない話題をしゃべり続けた。もちろん、悪気がないのは分かっている。だからわたしは、ふうん、へえ、なんて言いながら、とりあえず聞いてあげた。

伊織いわく、水曜日郵便局というサービスは、そもそも熊本県の津奈木《つなぎ》町にある「つなぎ美術館」によるアートプロジェクトとしてスタートしたものらしい。立ち上げの中心となったのは、美術館の学芸員、アーティスト、映画監督といった遊び心のある大人たちで、それがいま、密《ひそ》かな話題になっているというのだ。

「あ、そうだ。小百合《さゆり》に教えてあげたら、喜んで手紙を書きそうじゃない？」

伊織が懐かしい名前を口にした。

かつてテニス部の部長だった小百合は、まじめで、やさしく、筆まめで、人一倍の感動屋さんだから、わたしなんかよりずっと喜びそうではある。

「いいかもね。知らせてあげなよ」

「うん、そうするね」

そうするね——って。

「え？　伊織、小百合と会ってるの？」

「ときどきね。先月も会ったよ。まさにこの店の、この席で」

「あ、そうなんだ……」

わたしは、どっちが誘ったの？　とは訊《き》かずに、「小百合、元気だった？」と、あえて明るい声を出した。

テニス部時代、小百合とダブルスを組んでいたのはわたしで、伊織よりもずっと仲よくしていたのに……。

「うん、相変わらず元気だったよ。先週だったかな、息子くんの誕生日の写真を送ってくれてさ」と言いながら伊織はスマートフォンを手にして、写真を探し出した。

「あ、ほら、この写真」

わたしは差し出されたスマートフォンを覗《のぞ》き込んだ。

十歳くらいだろうか——目元が小百合によく似た男の子が、誕生日ケーキを前に、弾けるような笑顔でピースサインをしていた。そのすぐ後ろには、背が高く、やさしそうな旦那さんと、まぶしそうに目を細めて笑う小百合の顔がある。

「小百合ってさ、高校の頃から雰囲気がずっと変わらないよね」

わたしは当たり障りのない台詞《せりふ》を口にした。

「うん。しゃべり方も昔のまんまだし、相変わらずタレ目でアニメ声の愛されキャラって感じだよ」

「そうなんだぁ」

ため息みたいに言いながら、わたしはチクチクした疎外感に耐えていた。

「直美んちの息子くんたちも、ずいぶん大きくなったんじゃない？」

「え？　うちは、まあ……、たしかに大きくなっちゃったけどね」

わが家には息子が二人いる。

上は高校三年生の大介《だいすけ》。将来は海洋生物学者になると公言しながら受験勉強に励んでいる。下は中学二年生の亮介《りょうすけ》。こちらはバスケットボールの選手になるのが夢らしく、部活をひたむきに頑張っている。十七歳と十四歳、どちらも母親を疎ましく思う年齢だから、顔を合わせても必要最低限の会話しかしてくれなくなってしまった。

「写真、ある？」

「え、うちの子の？」

「うん。あったら、見せて」

嫌だ、と言うのも何だし、とくに隠す必要もない。

わたしは鞄《かばん》のなかからスマートフォンを取り出して、それぞれ高校と中学に入学したときの写真を見せた。

「うわ、もうこんなに大きくなったんだねぇ」

伊織が目を丸くした。

「あっという間だよ、ほんと」

「よその家《うち》の子供の成長って、びっくりするくらい早いんだよなぁ」と、子供のいない伊織が感慨深げに言う。「ご主人のは？」

「え、うちの旦那の写真？」

「うん」

にこにこ顔で伊織が頷《うなず》く。

「最近は、撮ってないかな……」

嘘ではなかった。

夫はいま、写真どころではないのだ。

父親とともに工業用ブラシを製造する町工場を経営しているものの、正直なところ、かなり際どい自転車操業を続けているのだった。昔かたぎの技術力のある職人さんを何人も擁しているのに、いかんせん最新式の機械を導入する資金がなくて、年々、従業員を減らしているのが実情らしい。しかも「二代目」特有のおっとりと優しい性格をした夫はリストラが何より苦手で、このところストレス性の胃痛に悩まされている。

「旦那さん、社長さんだよね。忙しいの？」

伊織が小首をかしげた。

「違うちがう。うちは自営だけど、社長は旦那のお父さんで、専務はお母さん。旦那はまだ常務なんだよね。しかも、忙しすぎて毎日へろへろ」

これも嘘じゃない。夫は職場から帰宅すると心身ともに疲弊していて、「胃が痛い」「背中が痛い」などと言いながら、わたしの作ったご飯をだるそうに食べては、のろのろとお風呂《ふろ》に入り、そのまま倒れこむように寝るだけの日々なのだ。

「そっかぁ。忙しすぎるのもアレだから、少し落ち着くといいね」

心配そうに伊織が眉《まゆ》を寄せた。

「まあね、いつになったら落ち着くのやら……」

本音をこぼしたら、最後は小さなため息になってしまった。

すぐそばの街路樹の枝に小鳥がやってきて、愛らしい声でさえずりはじめた。

自由に空を飛べるって気持ちいいだろうな――、なんて考えている自分に、つい苦笑しそうになる。

「直美って、旦那さんのご両親と同居してるんだっけ？」

「厳密には、同居ではないんだけど……、でも、同じ敷地内の別棟に住んでるからね」

そこまで言うと、年老いた義父と義母の顔が脳裏にちらついた。ほとんど仕事らしい仕事をしていないのに、「創業者の夫婦」というだけで偉そうにしている目の上のたんこぶ。夫は倒れそうなほど働いているのに、未《いま》だ常務のままで、しかも、働かない義父母が、夫より多くの収入を得ていると思うと、これがまた癪《しゃく》にさわるのだった。もっと言うと、工場の経営が悪化しているのは夫のせい、その夫が胃潰瘍になったのは、家庭でしっかり支えていないわたしのせい、ということにされている。さらに、思春期の息子たちの愛想がなくなったこともすべてわたしの育て方に問題があると、遠回しに嫌味を言われたことさえある。

わたしは、胃のあたりに生じた黒い靄《もや》を吐き出すように口を開いた。

「正直さ、旦那の両親と近すぎる関係って、やっぱ面倒臭いんだよね。いちいちこっちの生活に口を出してくるし、日々、監視されてるみたいで息苦しいし」

「そっかぁ。そういうの、いちばんつらいよね」

「わたしにも自由が欲しいよ」

なるべく冗談めかして言おうと思ったのに、うっかり眉間《みけん》に力が入ってしまい、言葉はただの愚痴になった。

「じゃあ、いっそ、思い切って自由にしちゃえば？」

「え？」

「できる範囲でいいからさ」

「…………」

「だって、直美の人生じゃん？」

「うん。まあ、そうだけど」

けど……、何だろう？

自分の言葉なのに、その続きが出てこない。

「忙しいかもしれないけど、隙間時間でなにか好きな仕事をしちゃうとかさ」

そう言って優雅に微笑んだ伊織は、まさに好きなことを仕事にして、充実した日々を過ごしている。

羽振りのいい旦那さんに資金を援助してもらいながら、天然石を使った手作りアクセサリーのお店を経営しているのだ。一昨年《おととし》、そのお店のオープニングパーティーに招待されたときは、わたしも嬉々として顔を出したけれど、そこに集まった人たちの華やかすぎるオーラに圧倒されて、早々に退散してきたという苦い思い出がある。あのキラキラした人たちの中心で華やかな笑みを浮かべていた伊織と、いま、こうしてお茶をしていると思うと、なんだかちょっぴり不思議な気分にすらなってくる。

「伊織に言ってなかったかな？」

「え？」

「わたし、一応、仕事はしてるんだよね」

「そうなの？」

「うん。べつに好きな仕事ってわけじゃないけど」

本当なら、夫の工場を手伝うべきなのかも知れないけれど、働いてもきっと無給だし、そもそも義父母の下で働くのだけは絶対に嫌で、わたしはあえてパートに出ているのだった。もちろん、わたしが外で働いていることを義父母が快く思うはずもなく、ときどきチクリと嫌味を言われている。

「どんな仕事？」

「まあ、簡単に言うと、ネットの洋服屋さん、かな」

嘘ではない。けれど、少しだけ表現を盛ってしまった。

「えっ、なにそれ、素敵じゃん」

「ううん、全然だよ」

だって、わたしがやっている仕事は、埃《ほこり》っぽい倉庫で商品の梱包《こんぽう》と発送の準備をするだけの単純労働なのだ。埃を吸わないようにマスクをして、動きやすいことだけが取り柄のダサい作業服を着て、年下のくせに偉そうな男性の上司にオバハン扱いされながら、日々、顎《あご》でこき使われているだけだ。

「でもさ、仕事をしていると気分が晴れない？」

「ぜんぜん。やりたい仕事じゃないし」

むしろ職場では、たっぷりストレスが溜《た》まる。しかも、わたしなりに家計を助けようと、いろいろ我慢を重ねながら働いているのに、家族の誰にも認めてもらえないのが悔しい、というか、悲しくもある。わたしが仕事から帰っても、夫は疲れ切っていて会話も少ないし、息子たちは、それぞれ自室にこもったまま出てきやしないのだ。

夜、家事を終えて、誰もいないリビングでぽつんとテレビを観ていたりすると、ふいに、わたしは、世界からひとり取り残されているのではないか、楽しい未来なんて金輪際やってこないのではないか——、と不安に襲われることもある。今回、伊織から、この素敵なカフェへのお誘いメールをもらったのは、まさにそんなときで、わたしにとっては、ある種、救いでもあったのだ。だから、その日の日記には、いつもの「毒」に続けてこう書いていた。『久しぶりに伊織からのお誘いがあって、素敵なカフェに行けることに。ちょうど仕事も休みだし。楽しみだな』と。

「ねえ、直美」

心なしか伊織がテーブルに乗り出してきた。

「ん？」

「せっかく仕事をするならさ、好きなことをやった方がいいと思うんだけど」

「そりゃあ、まあ……」

「やれるもんなら、やってるけど——、でしょ？」

「え？」

図星すぎて、返す言葉が見つからない。

「もちろん、そんなに簡単じゃないかもしれないけど、でも、たった一度きりの、直美の人生じゃん？」

「………」

「楽しまないと、もったいないと思うよ」

「まあ、うん。そうだけどね」

頷いては見せたけれど、いまのわたしは、他人のお説教を鵜呑《うの》みにできるほど素直ではいられなかった。とりわけ、何の苦労もせず、あっさり夢を叶《かな》えて悠々と微笑んでいる伊織に言われると、むしろ反発すらしたくなる。

「直美、大丈夫？」

目の前で、わたしを心配そうな目で見ている伊織——。

「え、なにが？」

「ちょっと、怖い顔してるけど」

「大丈夫だよ」

まっすぐに心配されたら、いっそう屈辱的な気分になってしまった。

高校時代は、わたしの方が伊織より成績もよかったし、クラスで人気もあったし、テニス部でも活躍していた。運動音痴な伊織は団体戦のメンバーにすら選ばれなかったのだ。先に彼氏ができたのもわたしだったし、偏差値の高い大学に行ったのもわたしだ。それなのに……。

「大丈夫なら、いいけど」

「うん」

わたしは、内心で、話題を変えてくれ、と願った。

すると、その願いが通じたのか、伊織は「あ、そういえばさ」と、大きな目を見開いた。

「わたし、この間、部屋の模様替えをしたのね」

「え？　うん」

「そしたら高校時代の卒業文集が出てきたの」

「…………」

卒業文集なんてあったかな、とわたしは記憶を辿《たど》る。

「でね、直美のページを読んでみたんだよ」

「え、ちょっと、やめてよ」

「あはは。ごめん。でも、今日、会うからさ。なんか気になって」

「恥ずかしすぎるんだけど」

「だから、ごめんって。でもね、読んでたら、すごく懐かしくなっちゃったんだよ

伊織は遠い日々を追想するように少し視線を上げた。

「ほら、直美ってさ、高校時代、よく美味しいパンを焼いてきてくれたでしょ。で、一緒に屋上で食べたよね？」

パン？　屋上？

「そういえば――、そんなこと、あったね」

わたしの脳内のスクリーンに、あの頃の風景がゆっくりと像を結びはじめた。かかとを踏んだくたくたの上履き。制服のスカートが膝《ひざ》に当たる感触。女友達のはしゃぐ声。そして、屋上に吹き渡っていた日向《ひなた》くさいようなやさしい風。

「その文集にね、直美の夢が書いてあったんだよ」

「夢？」

そんなの、書いたっけ？

「うん。将来は美味しい手作りのパン屋さんになって、店内にはイートインのスペースを作って、週に二回くらいは黄色い移動販売車に乗ってパンを売りに行くって」

「…………」

伊織の声を聞いているうちに、記憶の回路がピタピタと音を立てて繫《つな》がっていく気がした。

そうだった。あの頃のわたしには、そんな具体的で可愛らしい夢があったのだ。しかも、実際に、料理が得意な母とキッチンに立っては、あれこれ教わりながらいろんなパンを焼いた。そして、上手に焼けたパンを学校に持っていき、仲のいいクラスメイトたちに食べてもらって――。

そんな母とも、最近は電話すらしていない。

「直美が焼いてくれたパン、いつも、びっくりするくらい美味しかったんだよなぁ」

幸せそうな伊織が、親しみを込めた目でわたしを見た。

でも、わたしは、そんな伊織から思わず目をそらしていた。しかも、上品で清々《すがすが》しいこのテラスにはまったく不似合いな言葉をこぼしてしまったのだった。

「はあ……、わたしの人生、こんなはずじゃなかったのにな。なんか、もう、最悪だよね」

「え――」

伊織は、少し驚いたように眉を上げた。

「わたし、なんも悪いことしてないのにさ」

自分で言っておきながら、わたしはちょっと居心地が悪くなって、冷めかけたティーカップを手にした。そして、渋いだけの紅茶を口にする。

「ねえ、直美」

「ん?」

どうせ、また、上から目線で諭されるんだろうな。

そう思って身構えていたら、伊織は革のトートバッグを膝にのせ、なかから手のひらサイズの白い小箱を取り出した。

「このあいだ電話をしたときさ、直美、よく眠れなくて疲れが溜まってるって言ってたでしょ?」

「あ、うん……」

「だから、これ、作ってみたんだよね」

テーブルの上を滑らせるように、伊織がその白い小箱を押し出してきた。

「え、なに、これ?」

「ちょっと開けてみて」

言われるままに蓋《ふた》を取ると、天然石のブレスレットが木漏れ日を浴びてつやつやと光った。

「これって……」

「直美にプレゼント」

そう言って伊織は微笑んだ。

「え……、悪いよ。高いじゃん、こういうの」

「いいの、いいの。うちは商売だから、材料も安くまとめ買いできるし」

笑って言いながら、伊織はテーブル越しに手を伸ばし、それぞれの石について説明をしはじめた。

「これがグリーンアメジストで、不眠解消と癒《いや》し効果があるのね。これがいわゆる水晶で、あらゆる浄化と運気上昇のパワーがあるって言われてるの。で、この青いのが――」

「ラピスラズリ、でしょ？」

「あ、直美、知ってるんだ」

「それくらいはね」

「ラピスラズリはパワーの強い石でね、健康と幸運と成功を呼び込むって言われてるんだよ」

きらめく天然石を指差している伊織の爪には、とても素敵なネイルが施されていて、わたしはそっちも気になってしまった。

「これ、本当にもらっていいの？」

「もちろんだよ。そのために作ってきたんだもん」

伊織はおっとり微笑みながら頷いた。

昔と変わらずやさしくて、昔よりも優雅に輝いている伊織。こんな女性だったら、そりゃあ、素敵な旦那さんと出会って、いい人生になるよね——、と思いながら、わたしは天然石のブレスレットをつまみ上げた。

「ありがと。着けてみるね」

「うん。左手首がいいんだよ」

「分かった」

ブレスレットはわたしの左手首にフィットした。ひんやりとした石が心地よくて、色合いも好みだった。

「いいね。似合うよ、すごく」

「そう？」

言いながら、手首を伊織にかざして見せる。

「うん。ばっちり。これで直美の運気がいっそう上がっちゃうね」

「いっそう——って」

「いいの。はい、乾杯」

伊織がティーカップをかざしたので、わたしも苦笑しながらそれに合わせた。

カチン、と薄い陶器がぶつかる音が響く。

わたしは単純な女だ。きれいなブレスレットをもらって乾杯をしただけで、多少なりとも気分が上向きになっているのだから。啜《すす》った紅茶も、不思議とさっきより渋みが少なく感じられた。

「あのさ、伊織のそのネイル、上品でいいね」

思っていたことを、素直に口にしてみた。

「あ、これ？」

伊織が嬉《うれ》しそうに手をかざす。

「うん。さっきから、きれいだなって思ってたんだよね。わたしも久しぶりにネイルしようかなぁ」

「だったらさ、いま大人気のネイリストの友達がいるから紹介するよ。わたしのこれも、その人にやってもらったんだよ」

「え……、そうなんだ」

そう言いながら微笑んではみたけれど、うまく笑えた自信はなかった。なぜなら、わたしにはそんな無駄遣いをする余裕はない。きっと伊織の友達のネイリストに頼めば、そこそこの料金をとられるだろう。わたしとしては、百均で適当に道具を買い揃えて「セルフネイル」を楽しめればいいや、くらいに考えていたのだった。

「ねえ、直美は、いつなら空いてる？」

伊織が微笑みながら小首をかしげた。

「え？」

「すごく人気のあるネイリストだから、友達でも予約を入れないとやってもらえないんだよね」

「えっ？　あ、じゃあ、いいよ」

「え？」

「そこまでして、やらなくてもいいかなって……」

そこまでしてやっている伊織にたいして、ちょっと棘《とげ》のある言い方になってしまったかもしれない。

「どうして？　やろうよ。少し先の予約になっちゃうけど、すごく上手だし、ほんと、きれいなんだよ？」

「あ、うん……」

「やってもらうと、気分が上がるよ？」

伊織はテーブルの上に両手を並べると、「ほら」と言ってにこにこ顔でわたしを見た。

伊織の微笑みにふさわしい高級な風が吹き、はちみつ色をした木漏れ日がネイルに彩られた指の上で揺れた。

本当に、つくづくきれいなネイルだった。

しかも、すべすべの手の甲と、つるりとした白い指は、まるで二十代のように見える。

伊織は日々、この指で、天然石のきらきらしたアクセサリーを作って、きらきらした人たちに売っているのだ。

それに比べて、わたしの手は、保湿剤を塗っても日々の家事でガサガサだし、パートの梱包作業のせいで細かい傷がたくさんついていた。いまだって左右の指に絆創膏《ばんそうこう》が二つずつ巻かれているくらいだ。

「ほんと、そのネイル、きれいだと思うんだけどさ……」

白魚のような伊織の指を見ながら、わたしは自分の手をテーブルの下へと引っ込めた。そして、続けた。

「正直、あんまりお小遣いに余裕がないから、ちょっとやめておこうかなって」

言って「えへへ」と卑屈に笑った自分が、やたらとみじめに思えて、わたしはテーブルの下に隠した手をきゅっと握りしめた。

きれいなブレスレットをプレゼントされたからといって、うっかり調子に乗って伊織のネイルを褒めたりするから、結局はこのざまだ。身の程をわきまえろっていうの。

わたしは、わたしを責めることで平静を保とうとしていた。

「料金のことだったら大丈夫だよ。ネイルはわたしが誘ってるんだし、来月、直美の誕生日があるじゃん。そのプレゼントってことで、わたしがおごるからさ」

「え……」

「だから、ね、一緒に行こうよ」

一ミリの悪気すらなく、ただ、おっとりと微笑む伊織。

「あ、でも、ごめん、いいや」

「え、なんで？」

テーブルの下の手を、さらに強く握る。

「先の予定、まだ、分かんないしさ」

わたしはできる限りさらりと言ったのに、伊織は首をかしげた。どういうこと？という顔だ。

「ほら、うちは家族の予定もあるし、先の予約を入れるのは難しいんだよね」

「そっかぁ」

ようやく伊織は、理解をしてくれたようだった。

「ごめんね。せっかく誘ってくれたのに」

「あ、ううん。ぜんぜん大丈夫。でもさ、直美」

「ん？」

「たまには自分が楽しむ時間を作った方がいいと思うよ」

「……………」

「少しくらいは自由にさせてもらって、ストレスを発散させても、バチは当たらないんじゃない？」

やさしい伊織はわたしを心配してくれている。そのことは、頭では分かっていた。充分すぎるほどに。それなのに、どうしてだろう？　わたしの心は、頭とは正反対のマイナスの感情で膨れ上がっていったのだ。

「そんなこと、伊織に言われなくても分かってるよ」

頭ではなく、心がわたしの口を動かしてしまった。

「え……」

と、伊織は少し目を丸くした。

その仕草までもが、とても可愛らしく、おっとりして、チャーミングに見えた。すると、それがスイッチになって、わたしの心から言葉が溢《あふ》れ出してしまったのだ。

「そんなことは充分に分かってるけど、でも、子供がいると、現実はそうもいかないんだよ。基本、母親っていうのは子供の都合で予定が組まれるわけ。自由な伊織みたいに自分のことばかりやってる余裕はないんだよね」

そこまで言ったところで、わたしの頼りない理性が発動して、なんとか口を閉じさせてくれた。

ああ、何を言ってるんだろう、わたし――。

後悔が胸のなかで一気に膨れ上がり、嫌な熱を持ちはじめた。

自分の不甲斐《ふがい》ない人生を息子たちのせいにしているあざとさと、善意の友達に心無い言葉をぶつけている非道さに嫌気がさしてくる。

わたしが、ごめん、と口を開きかけたとき――、

「ご、ごめん……」

伊織が先に声を出していた。

臆病《おくびょう》な仔犬《こいぬ》みたいな顔をした友人を見ていたら、こっちまで悲しくなってしまう。

「あ……、違うの。こっちこそ、ごめん。伊織、ほんと、ごめん」

謝りながらテーブルの下の拳《こぶし》をさらに強く握った。

「ううん」

伊織が小さく首を振る。

街路樹の枝でさえずっていた小鳥が飛び立ち、嘘みたいに明るい青空に消えてしまった。

高級な風も吹いてくれない。

テーブルの上には、痛々しいほどの沈黙が降りていた。

そして、その沈黙は、わたしのなかに生じた後悔と罪悪感をむくむくと増幅させた。

「ほんと、伊織、ごめん……」

わたしはもう一度、謝った。

「ううん。わたしこそ、なんか、ごめんね」

これ以上、ごめん、の応酬をしていても埒《らち》があかない。

わたしは、「ああ、もう、なんか、自分のことがすごく嫌いになってる……」と、ひとりごとのようにこぼした。「なんでだろう、頭の隅っこで、勝手にさ、伊織と自分を比べちゃうんだよね」

「え？」

「伊織の旦那さんは仕事で大成功しているのに、うちの工場はかつかつの自転車操業だし。私生活だってさ、伊織は自分の好きなことをして、いかにも充実しながら生きてるのに、わたしはやりたいことの一つすらしないで愚痴ばかりじゃん」

「…………」

「なんで、こうなるのかなぁって」

ここまで本心を口にしたら、きっと涙が出てしまうだろうな――、と思いながらしゃべっていたのだけれど、実際、わたしの目は潤むことすらなかった。むしろ、みぞおちのあたりが空っぽになってしまったような、ぽかんとした感覚を味わっていた。

「直美……」

心配そうな目でわたしを見る伊織。

「なんか、友達を妬《ねた》むなんて……、わたし、ほんと最悪だよね」

言って、湿っぽいため息をついた。

伊織は「そんなこと、ないよ」と言ってくれたけれど、さすがに額面通りには受け取れなかった。

こじれた空気のなか、わたしたちはそれぞれ冷めきった紅茶を啜った。そして、視線を泳がせながら、次の台詞を探していた。

「ねえ、伊織」

わたしが先に口を開いた。

「ん？」

「ちょっと変なこと訊いていい？」

「変なこと？」

「うん」

伊織は、やや戸惑った顔をして「いい、けど……」と小声を出した。

「類は友を呼ぶって、本当にあると思う？」

「え……」

「いわゆる類友」

「それが、変なこと？」

「うん」

わたしは頷いた。

あの日、伊織のお店のオープニングパーティーに集まったキラキラした人たち。きっと彼女たちこそが、伊織にとっての「類友」なのだろう。でも、わたしは、そのパーティーで、はっきりとした居心地の悪さを感じてしまったのだ。そして、いま、あらためて地元で付き合いのある人たちを思い出してみると、やはりあのパーティーには不似合いな感じの人ばかりに思える。

「類友は――」少し遠慮がちに伊織が答えた。「うん、やっぱり、あるかもね」

「そっか。まあ、そうだよね」

ふたたびため息をついたわたしの名前を、伊織が慰めるように口にした。

「ねえ、直美」

「ん？」

「わたし、さっきからちょっと気になってるんだけど」

「…………」

「直美さ、あんまり自分のことを『最悪』って言わない方がいいと思う」

「え……」

「だって、わたし、直美のこと最悪だなんて一度も思ったことないし……、自分のことを最悪、最悪って言い続けてたら、いつか本当にそうなっちゃいそうな気がしない？」

「………」

わたしには、返す言葉すら見つからなかった。ただ、みぞおちのあたりの虚空がもやもやするばかりだ。

伊織は、ゆっくりと丁寧な口調で続けた。

「わたしが『類友は本当にある』って思ったのはね、うちの旦那と出会って、その周りの人たちとも知り合ったからなの。わたしとは違う、新鮮な感覚の人たちが集まってるなぁって、そう思ったから」

わたしは黙ったまま、伊織を見ていた。伊織は先を促されたと感じたようで、続きをしゃべった。

「何て言うんだろう――、みんなすごく優しくて、自由な感じでさ、他人と自分を比べないし、いつも冗談ばかり言いながら、ニコニコしてて、気持ちのいい言葉をたくさん使うんだよね」

「そうなんだ……」

「うん。ようするに、何をしてても幸せそうな仲間たちなの」

「みんな、お金持ちってこと？」

「え？　まさか」伊織は目を見開いて否定した。「いろんな人がいるよ。でもね、その人たちと会っているうちに、わたし、素直に、自分もこういう感性を持ちながら生きていたいなぁって思ったんだよね」

「ふうん」

伊織は昔から素直だから、そう感じるのだ。わたしだったら、きっと大いに妬むだろうし、その場にいたら居心地が悪くなる気がする。

「わたしね、結婚する前の旦那に、そのことを話したの。あなたの周りの人たちって、みんな明るくていいねって。わたしもそうなりたいなって」

「…………」

「そうしたら旦那がね、だったら尊敬する先輩から教えてもらった三つの言葉があるから教えてやるよって」

「三つの言葉？」

「うん。ちょっと待ってね」

伊織はトートバッグのなかから四葉のクローバー柄の手帳を取り出した。そして、メモ欄を開いた。

「ほら、これ見て。毎年、手帳を替えるときにも、この言葉だけは書き込んでおくようにしてるんだよね」

伊織が差し出した手帳には、なるほど、メモ欄をまるまる一ページ使って、三行の言葉が書かれていた。

・自分の心に嘘をつかない。
・よかれと思うことはどんどんやる。
・他人を喜ばせて自分も喜ぶ。

はっきり言って、三つとも、どこかで聞いたような陳腐な言葉だった。でも、さすがにそうは言えなくて、わたしは「なるほどねぇ」と感心したフリをしてみせた。

「ね、いい言葉でしょ？」

「うん、いいと思う。それ、写真撮っていい？」

「もちろん」

わたしはスマートフォンで、そのページの写真を撮った。適当に啓蒙《けいもう》されたフリをしながら。

そんなわたしのことを、ピュアな伊織は、どこかホッとした目で見ていた。

「うん、撮れた。伊織は、この言葉をモットーにしてるのかぁ」

「ちゃんと撮れた？」

感心したように言いながらスマートフォンをしまう。

「モットーっていうか、自然とこうなれていたらいいなって思ってる感じかなぁ」

「旦那さんも、こういう人なんでしょ？」

「まあ、ね。正直、わたしとは器が違う感じ」

謙遜《けんそん》しつつ、いけしゃあしゃあとのろけてくれた。

「じゃあ、この言葉を伊織の旦那さんに教えたっていう先輩は、どんな人なの？」

「あの人は、すごいよ。駅ナカとか百貨店でヘルシーな惣菜《そうざい》とおにぎりを売るチェーン店を興して、大成功してる人だし」

「なんだ、結局、お金持ちじゃん」

「え？　まあ、その人はね」

あんたの家もだよ、と言いそうになって、なんとか飲み込んだ。

「ねえ、直美」

「ん？」

「まずはさ、身近な家族とか、苦手な旦那さんのご両親とかから、あえて喜ばせてあげたらどうかな？」

「え──、なに、それ？」

と言いつつ、わたしは「他人を喜ばせて自分も喜ぶ」という三ヶ条のひとつを思い出していた。

「だってさ、家庭が明るくなったら最高だし、もしも、ご両親に喜ばれたら、関係が改善するかもしれないでしょ？　万一、嫌な反応が返ってきたとしても、少なくとも『よかれ』と思うことをしている自分のことは好きになれるし」

「…………」

「その方が、単純に気分がいいと思わない？」

わたしは急に喉《のど》の奥のあたりが苦くなった気がして、ごくり、と唾《つば》を飲み込んだ。

そして、無理やり口角を上げた。

「まあ、そうだよね。きっといい気分だね」

「でしょ。そうやって直美が上機嫌でいれば、きっと周りにも波及して、どんどん直美も楽しくなっていくと思うよ」

伊織は、おっとりと微笑んだ。

ふたたび高級な風が吹き、手入れの行き届いた伊織の髪をさらさら揺らす。

やばい。

無理だ。

もう——。

わたしはテーブルの下で握りしめていた拳をそっと引き抜いた。そして、手首に巻いた腕時計をわざとらしく見た。

「あ、もうこんな時間だ」

「えっ、直美、この後、何か予定あるの？」

「うん、ごめん」

言いながら、わたしはさっさと立ち上がった。そして、財布のなかから千円札を二枚抜き取ると、テーブルの上にポンと置いた。高級な風に飛ばされそうになったお札を、伊織が慌てて押さえた。

「え……、直美？」

お札を押さえたまま、伊織がぽかんとした顔でわたしを見ている。

「それで足りる？」

「た、足りるっていうか、多すぎるよ」

「多いなら、いいや」

「え？」

「わたし、先に帰るわ」

「え？　ちょっ、直美」

伊織の声を背中で聞きながら、わたしはカフェのなかをすたすたと大股《おおまた》で歩いた。

ったく、偉そうにさ――。

上からモノを言うなよ。言うなら、あんたもあの義父母と暮らしてみろっつーの。

わたしは他人を喜ばせていないから不幸なのかよ。よかれと思うことをしていないから不幸なのかよ。

レジの前を通るとき、穏やかな笑顔で会釈をしてくれた店員に向かって、あやうく
「紅茶、渋くて不味《まず》かった」と言いそうになった。

ドアを乱暴に押し開けて店を出た。

そのまま駅に向かってずんずん歩く。

道路の向こうから小型犬を散歩させている上品な白髪のおばあさんがやってきた。

すれ違いざま、その犬に「キャン」と吠《ほ》えられた。

わたしは舌打ちをして、「最悪」と、おばあさんの耳に届くほどの声を出していた。

「ご、ごめんなさい」

おばあさんの声を背中ではじき返したとき、わたしは駆け出していた。

今日の日記は、数行じゃ足りないかも――。

そう思ったら、走りながら涙がにじんできた。

今日もまた、わたしは埃っぽい倉庫であくせくとパートの仕事をこなした。単純作業のうえに立ちっぱなしだから、脚は棒になり、足はむくんで靴がきつくなった。帰りがけ、駅から少し離れたところにある安売りのスーパーに立ち寄り、レジの長い列に並んだ。

もうすぐ自分の番が回ってきそう――というときに、なぜか、最近、シチューを作ってないな……、などと考えてしまった。シチューは夫と息子たちの大好物だ。スプーン片手にガツガツと食べている三人の顔を思い浮かべたわたしは、一瞬のためらいを振り切ってレジの列から外れた。そして、あらためて店内を歩き回り、シチューの材料をカゴに入れていった。

買い物を終えてスーパーを出たときには、もう東の空は夜になりかけていた。

わたしは大きなレジ袋を両手にぶら下げて住宅街を歩いた。とぼとぼと、土のように重たい身体を引きずって。

歩きながら、ふと、暮れかけた空を見上げた。

淡い葡萄《えび》色の広がりを斜めに切り裂きながら、銀色に光る飛行機雲が、音もなく伸びていた。

飛行機か。もう何年くらい乗っていないだろう——。

わたしはさらに歩く速度をゆるめて、気持ちをどこか遠くへと飛ばしながら「ふう」と息を吐いた。

帰宅した後も、代わり映えしない日常が続いた。

スーパーで買った食材を冷蔵庫にしまい、お風呂を洗い、シチューを作り、テーブルに並べた。そして、夫と息子たちに「ご飯だよ」と声をかけ、リビングに呼び寄せる。

家族四人が揃って夕食を食べられる日は、週に一度あるかないかだ。長男の大介は大学受験のための塾、次男の亮介は部活、夫は残業で、それぞれ帰宅時間がバラバラだから。

せっかく家族が揃っても、ほとんど会話もせず、テレビのバラエティ番組を観ながら黙々と口を動かしている息子たちに、「ねえ、シチュー、美味しい?」と訊いてみた。すると大介は「え? うん、まあ……」と不思議そうな顔をして頷いた。亮介は「普通に美味しいよ」と答えた。どちらも悪気のない、まっすぐな返答だったのは分かる。でも、すぐにまたテレビを観ながら黙々とスプーンを動かしはじめたのを見て、わたしはため息をつきそうになっていた。

「美味《うま》いよ。コクがあってさ」

横から答えてくれたのは、夫だった。

夫は、とにかく優しいだけが取り柄のような人なのだ。学生時代は（万年補欠だけど）ラガーマンで、見た目もそこそこ格好良かったのに、結婚後、体重が十キロも減ってしまい、あの頃とは別人のようになってしまった。

「なら、よかった」

夫のフォローは、わたしの喉の奥に溜まっていたため息のもとを霧散させてくれた。ほんのちょっぴりだけど、スーパーのレジの列から外れたことも報われた気がする。

やがて食欲を満たした息子たちは、さっさと自室に消えてしまった。美味いと言ってくれた夫は、しかし、半分も食べられずに席を立っていた。やっぱり、あまり食欲がないらしい。

夫が風呂に入り、その後、息子たちが入った。

リビングにひとり残されていたわたしは、テレビを消して黙々と食器を洗い、夫が読みっぱなしにしていた新聞をまとめ、燃えるゴミを集積所まで出しに行った。

ソファーの上で山積みになっていた洗濯物を畳みはじめたとき、亮介のバスケのユニフォームが出てきた。この四月から二年生のキャプテンを任された亮介は、「まずは県大会で優勝する」という目標を掲げ、早朝のランニングを欠かしていない。だから、毎晩、ベッドに入るのも早くて、家族と会話をする時間がいっそう減ってしまった。

わたしの服よりずっと大きなユニフォームを畳みながら、まだ幼くて無邪気だった頃の亮介の笑顔を思い出した。

あの頃は可愛かったなぁ——、と思ったら急に淋《さび》しくなってしまったのに、なぜだろう、わたしはフッと微笑んでいるのだった。

洗濯物を畳み終えると、わたしは男三人の残り湯を沸かし直して、ゆったりとバスタブに浸《つ》かった。

昼間の立ち仕事のせいで、ぎしぎしと音を立てそうなほどに凝ったふくらはぎを揉《も》んでいると、ふいに、さっき見た飛行機雲を思い出した。

まっすぐに伸びていく、銀色の軌跡——。

あぁ、ひとり旅も悪くないな……。

なんて夢想しかけて、すぐにやめた。どうせひとり旅になんか行けないのだ。考えるだけ虚《むな》しくなる。

「ふう……」

湯気のなかで嘆息したら、今度は伊織のことを思い出した。

このところ、わたしの胸のなかでは、ネガティヴな感情と伊織の存在が結びついてしまっている。なにか嫌なことを考えると、ほとんど自動的に伊織の顔が脳裏にちらつくのだ。そして、みぞおちのあたりがズンと重くなる。

カフェに伊織を置き去りにして逃げ帰ったあの日から、もう一週間も経っていたけれど、わたしは未だ彼女に連絡をできずにいる。

素直に謝れないとか、そういうレベルの話ではなくて、もはや恥ずかしくて合わせる顔がない、というのが本音だった。

もちろん、伊織からの連絡などあるはずもない。あそこまでひどい態度をとってしまったのだから、それも当然だ。いくら心根の優しい伊織でも、もう、さすがに、わたしを「類友」の枠からは除外したに違いない。

「はあ、わたし、最悪……」

ぼそっとつぶやいた声が、風呂場のなかで虚しく反響した。

風呂から上がり、脱衣所で髪を乾かしたあと、ふたたび誰もいないリビングに戻った。

冷蔵庫の麦茶をコップに注ぎ、テーブルに着く。そして、その麦茶を飲もうとしたとき、廊下につながるリビングのドアが開いた。

ひょっこり顔を出したのは大介だった。

喉でも渇いたのかな、と思っていると、大介は「あのさ」と言いながら、珍しくわたしの向かいの席に座った。

「ん？」

わたしは、手にしていたコップを置いて小首をかしげた。

「これ、ちょっと見てくれる？」

大介は、テーブルの上にパンフレットのようなものをポンと置いた。それはA4サイズの薄い冊子で、真ん中あたりのページが開かれていた。

「なに、これ？」

言いながら、わたしは、その冊子を引き寄せた。

「予備校のパンフなんだけどさ、そのページにある小論文の講座を受けたいんだけど」

「小論文？」

「うん」

大介が言うには、第二志望に設定している大学の学部の試験科目に小論文があるとのことだった。しかも、その学部に合格すると、海外留学制度を利用して、将来の夢を叶えるべく先端の学問を学ぶチャンスを得られるという。

「そっか、小論文か……」

「とりあえず、第二志望までの大学に入れたら、俺のやりたい海洋生物学の研究ができそうなんだよね。しかも、どっちに行っても世界的に有名な研究をしてる教授がいて、なんか楽しそうなんだよ」

「世界的って、すごいね」

「うん。でもさ、万一、滑り止めの大学に入ることになったら――」

「大介の夢は、叶わないの？」

「まあね」

「そっかぁ……」

大介はすでに予備校で英語、英語リスニング、数学、生物の講座を受けている。正直、それだけでも我が家としては手痛い出費になっていた。

「無理ならいいよ。参考書でも買って勉強するから」

「誰も無理だなんて言ってないでしょ？」

「だって、母さん、思いっきり眉間にシワを寄せてるんだもん」

「え？」

大介に言われて気づいた。わたしは慌てて眉間の力を抜いて、小さく笑みを浮かべてみせた。

「とにかく、わたし一人じゃ決められないから、明日、お父さんに相談しておくね」

「オッケー。んじゃ、よろしく」

淡々と言って、大介は椅子から立ち上がった。そして、こちらに背中を向けそうになった刹那《せつな》、わたしは息子の名を口にしていた。

「あ、大介」

「ん？」

「今夜も、遅くまで勉強するの？」

「今日はもう眠いから、そんなに遅くまではやらないかな」

「じゃあ、お夜食は、いらない？」

大介は一瞬だけ考えて「いいや」と素っ気なく言った。

「腹減ったら適当に冷蔵庫のなかを漁《あさ》るから」

「そう……」

「うん。じゃ」

おやすみなさい、も言わず、大介は、くるりと踵《きびす》を返すと、リビングから出ていってしまった。

パタン。

音を立てて、廊下へと続くドアが閉まる。

しんとしたリビングに、壁掛け時計の秒針の音が響きはじめた。
チ、チ、チ、チ……。
静けさが一秒ごとに重みを増していく。

たまらず、わたしはテレビをつけた。

見たことのない芸人たちによるコント番組が流れ出し、リビングに笑い声が満ちる。

少しだけホッとしたわたしは、テレビ画面に視線を向けながら、家族のことをぼんやりと考えた。

バスケットボールに青春を懸《か》け、こつこつ努力をしている亮介。

海洋生物学者を夢見て受験勉強に励む大介。

会社を立て直そうと、日々、粉骨砕身している夫。

考えてみれば、三人とも、いま、まさに、自分のやるべきことに向かって全力疾走しているのだった。

で、わたしは——？

あやうく心の泥沼にハマりかけたわたしは、慌ててリモコンを手にした。そして、テレビの音量を少し上げた。芸人たちの声と、観客の笑い声が大きくなって、意識がテレビに引っ張られていく。わたしのマイナス思考は、狙いどおり麻痺《まひ》していった。

それからしばらくのあいだ、わたしはさほど興味もないコント番組をじっと眺めていた。

二度目のコマーシャルのあと、「知性派」として知られるお笑いトリオがコントをはじめた。

トリオのうちの一人は、べろべろに酔っ払った郵便局員に扮《ふん》していた。赤ら顔で千鳥足の郵便局員は、手紙を適当な家のポストに配ってしまうのだが、なぜか、そこから思いがけないすれ違いが連発し、結果、笑いがどんどん生まれていくという、じつによく練られたコントになっていた。

そのコントを見ていたとき、ふと、わたしの脳裏に、ある単語が降ってきた。

水曜日郵便局――。

伊織が言っていた、あのサービスだ。

なんとなく、壁に掛けてあるカレンダーを見た。今日は水曜日だった。

トリオのコントが終わった。

テレビから視線をはがすと、とたんに伊織の悲しげな顔が脳裏に明滅しはじめて、ちょっと息苦しいような気分になった。

「水曜日、か……」

つぶやいたわたしは、テレビのスイッチを切った。
チ、チ、チ、チ……。
誰もいないリビングに、壁掛け時計の秒針の音が漂いはじめる。

そうだ。浄化しよう。

胸のなかに生じた「毒」を、言葉に変換して吐き出すのだ。

わたしは、いつものように鞄のなかからシステム手帳を取り出して、今週のページを開いた。

そのページには、すでに日曜日、月曜日、火曜日と、弱い毒を含んだ言葉たちがびっしり書きつけられていた。

なんとなく、わたしは、それらの短い日記を読み返してみた。

すると――、
毒。

毒。

毒。

ほとんど呪詛《じゅそ》のような言葉たちが、わたしの内側へと逆流しそうになって、慌てて日記から視線をはがすハメになった。

ちょっと……、ちょっと待って――。

胸裏でつぶやいたわたしは、ひとつ深呼吸をした。

そして、ゆっくりとページをめくって、先週の見開きに戻ってみた。

見開きに現れた、弱い毒だらけの七日間。

とりわけ伊織と会った水曜日は、とても小さな文字で、悔しさと、妬みと、悲しさと、後悔がたっぷりと綴《つづ》られていた。

さらに、その前の週のページも……、前の前の週のページも……、どこまで戻っても、わたしの日常は弱い毒で埋め尽くされていた。

わたし、どんだけ毒にまみれた人生を過ごしているんだろう？

考えたら、心が石のように冷たくなっていった。

ふと、やさしくて優雅な伊織の笑みを憶《おも》う。

温かそうな家庭に包まれた小百合の笑みも。

そして、自分のやるべきことに向かって全力疾走している家族たちの顔も。

ちょっと、待って――。

ふたたび胸裏でつぶやいて、わたしは目を閉じ、深呼吸をした。

しばらくして、そっと目を開けると、ひとりぼっちのリビングに、聞き慣れた秒針の音がいっそう大きく鳴り響いていた。

チ、チ、チ、チ、チ、チ……。
わたしの人生は、この秒針に一秒ずつ削られている。

いまこの瞬間も、無慈悲なほど正確に。

ページをめくって過去に戻っても、ひたすら同じような毒が並べられているだけのわたしの日記。

ということは、この先も、ずっとずっとわたしは同じような日記をつけ続けていくのだろうか？　同じような毒まみれの日々を過ごしていくのだろうか？

考えたら、眩暈《めまい》がしそうになった。

日記を埋め尽くす文字たちを見下ろす。

浄化は、悪くないはずだ。

でも、「つねに浄化を必要とする人生」が、いいはずもない。

どうして、そんな当たり前のことに、わたしはずっと気づかずにいたのだろう？
チ、チ、チ、チ、チ、チ……。
無機的に削り取られていく、わたしの命。
変わらなきゃ――。

どこかの瞬間で。

いや、できれば、いますぐにでも。

嫌な熱を孕《はら》んだ焦燥感が胸の奥に広がった。

それと同時に、わたしの手は、ほとんど無意識に動いていた。

パタン、と音を立てて、システム手帳を閉じたのだ。

わたしは毒ですっかり重たくなったシステム手帳を自分から隠すように鞄にしまい込んだ。そして、代わりにノート型パソコンを持ってきて、テーブルの上で開いた。

伊織——。

ブレスレットの説明をしてくれているときの、穏やかな彼女の顔を憶いながらパソコンの電源を入れ、インターネットを立ち上げた。

キーボードを叩《たた》いて「水曜日郵便局」と入力し、検索してみた。

「あった……」

公式ホームページは、すぐに見つかった。

トップページを開くと、鄙《ひな》びた海辺の写真が現れた。とても小さな港に、コンクリートのキューブのような古い建物がある。どうやらその建物が、全国から手紙が集まってくる「水曜日郵便局」らしかった。

それぞれのコンテンツを見ると、プロジェクトのコンセプトや概要、スタッフ紹介などのほかに、局長からのメッセージが書かれていた。なんとなくそのメッセージを斜めに読んでいたら、ふと、ある一節が目に留まった。

〈〈〈〈〈〈〈〈〈

今日は水曜日。

何かいいことが起こりましたか？

それとも、つらいことがありましたか？

あなたが水曜日の物語を書いて送ると、世界のどこかであなたの水曜日の物語を読む人が生まれます。

そして、世界のどこかで暮らす、知らない誰かの水曜日の物語が、あなたの手元に届きます。

〉〉〉〉〉〉〉〉〉

局長からのメッセージには、そう書かれていた。

いいこと。

つらいこと。

いまこの瞬間、どこか遠くで暮らしている知らない誰かも、いろんな気持ちを抱えている——。

チ、チ、チ、チ……。

リビングに漂う秒針の音は、遠くの誰かの命も削っている。

家族も、友達も、わたしも、みんな——。

「ふう」

短く息を吐いた。

ため息ではなく、それは決意の息だった。

わたしの胸の内側から「どこか遠く」へと、銀色に光る飛行機雲がまっすぐに伸びていく気がした。

変わらなきゃ。

わたしはホームページから水曜日郵便局の「公式の便箋《びんせん》」をダウンロードして、それをプリンターで印刷した。

その便箋には、水曜日の日付と、本文を書くスペース、そして、ペンネーム、年齢、都道府県を書く欄があった。下方には切り取り線があり、その線より下には、住所と本名を書く欄がある。

つまり、切り取り線から上は、見知らぬ誰かに送られる部分。切り取り線から下は、局員さんがわたし宛てに誰かの手紙を送るための住所と本名の欄となっているのだ。

テーブルの上に置いた便箋をじっと見詰めた。

何を、書こうか……。

どこかの誰かに送るのだ。日記のような毒を含ませたくはない。

とりあえず、わたしは、今日一日の出来事を順に思い返してみた。

朝、目覚めて、歯を磨いて——、からはじまり、便箋の前でじっと考え込んでいるいまこの瞬間までを反芻《はんすう》してみたのだ。しかし、脳裏に浮かぶのは、毒を含んだ不平不満ばかりで、とりたてて誰かに伝えたくなるような出来事は見当たらなかった。唯一、心が動いたことといえば、飛行機雲がきれいだったことくらいだ。

一日かけて、感動がひとつ。

たったの、ひとつだけ？

いったい何だったんだろう、わたしのこの一日は……。

ネガティヴな思いに反応して、伊織の顔がちらついた。みぞおちのあたりが、ズンと重たくなる。

しかし、ちらついた伊織の顔が、わたしの古い夢を思い出させてくれたのだった。

イートイン・スペースのある美味しいパン屋さん。

週に二回は黄色い移動販売車で出かけていって——。

自分でも不思議だけれど、その夢のことを思い返すと、わたしの胸の浅いところに懐かしい風が吹いて、キュン、となるのだった。それはどこか、遠い昔の恋愛を追想するときに味わう甘酸っぱさと似ていた。

あの頃のわたしは、自分の未来のイメージのなかに、きらきらした「何か」を見ていたに違いない。

でも、その「何か」って、何なんだろう？

と考えながら水曜日郵便局の便箋に視線を落としたとき、ふいにひらめきが降ってきた。

「あ、そっか――」

わたしは無意識につぶやいていた。

どうせいまの自分の日常には、とりたてて書くことも見当たらないし、見知らぬ誰かに知らせる価値もない。もちろん日記のような毒を書くなどもってのほかだ。だったら、あの頃のわたしの夢を「叶えた」という前提で、「空想の水曜日」を書いてしまえばいいのではないか。その方がわたし自身の気分も上がるし、手紙の文章もすらすら書けそうな気がする。

変わらなきゃ。わたし。

わたしは傍に用意していたボールペンを手にした。

でも、すぐに思い直して、テレビの横の抽《ひ》き出しから万年筆を取り出した。

空想のなかのわたしは、きっと万年筆で書くはず——。

なにしろ、夢を叶えて幸せを手に入れた、人生の成功者なのだから。

わたしは、そっと目を閉じた。

そして、理想どおりの充実した日々のなかにいる自分を夢想してみる。

小さいけれど、清潔で可愛らしいデザインのお店。笑顔が素敵な従業員たちの「いらっしゃいませ」という明るい声。焼きたてパンのふくよかな匂い。イートインで出すコーヒーの香ばしい香り。そして、なにより満足そうなお客さんたちの笑顔。

わたしは、夢を叶えた幸せなわたしになりきって、ゆっくりと目を開けた。

さっきより少しだけ明るく見える便箋の上に、万年筆の先端をそっと置く。

すると、とくに言葉を考えていたわけでもないのに、さらさらと万年筆が滑りはじめたのだった。

《わたしの水曜日を読んでくれるあなた、はじめまして。こんにちは》

出だしは、そう書いた。

《わたしは、小さなパン屋さんのオーナーをしています。

今日は、朝からお天気もよくて、お客さんたちも清々しい笑顔でお店に来てくれました。うちのパンのなかでとくに人気のある商品は、表面をカリッと焼いて、中にクリームをたっぷり入れたメロンパンと、ずっしりと重さのある食パンです》

そこまで書いて、わたしは「はあ……」と息を吐いた。

それは、思いがけず「幸せのため息」だった。

夢から覚めないように心を砕きながら、わたしはまた空想の世界に戻って続きを書いた。

常連さんとの会話が楽しいこと。昔からの友達も来店してくれること。そして今日は、高校時代の友達の誕生日なので、サプライズで特別なケーキを焼いてあげて、とても喜ばれたこと。

お店はいつも大繁盛で、すでに店舗は三つに増えていて……、オーナーだから実業家でもあるけれど、移動販売に出るのは、いつもわたしと、わたしが育てている従業員の女の子。ふたりで仲良く近隣の町にある団地やマンションの近くまで出向いてパンを売り、どんどんお店のファンを増やしていく。移動販売では多くの出会いがあり、わたしはいつもお客さんとの交流に刺激を受け、癒されている。ちびっ子が来てくれたときは、ピンポン球サイズのチョコドーナツをプレゼント。そして、このサービスがまた好評なのだ。ちびっ子たちは嬉しそうに目を細めてわたしを見上げ、「ありがとう」と笑顔を向けてくれる。その笑顔こそが、働くわたしのエネルギーとなっている。そんな風に、日々を楽しんでいるわたしのことを、ときどきお洒落な女性誌が取り上げてくれるから、いっそうお店は繁盛してしまう。

仕事は好きだけれど、空想のなかのわたしは家庭をないがしろにしたりはしない。夫とは新婚の頃のように仲良しで、息子たちにも毎日ちゃんと美味しいお弁当を作っている――、と言いたいところだけれど、じつは、ときどき手抜きをさせてもらっている。なぜなら、家族はみんなわたしの仕事を理解してくれているので、むしろ「お母さん、少しは手を抜きなよ」なんて諭されるから。

《そんな優しい家族がいてくれるおかげで、わたしは今日も「わたしらしい水曜日」を過ごせているのだと思います》

そこまで書いて、いったん筆を止めた。

万年筆が、震えそうになったからだ。

ふと、まばたきをしたら――、

ぽた。

ぽた。

便箋の上にしずくが落ちていた。

ふたつめのしずくは、《そんな優しい家族》と書いた《優》の文字の上に落ちて、万年筆のインクがじんわり滲《にじ》んでしまった。

わたしは、あわててティッシュで押さえて吸い取った。でも、すでに《優》の字はほとんど消えていた。

優しい——が、消えちゃった。

それを見たら、いっそう潤んだ気持ちが溢れてきて、わたしはまたティッシュを二枚手にして、ぎゅっと目頭に押し当てた。

わたしの人生、どこで間違えちゃったのかな——。

いま、少しでも声を出したら嗚咽《おえつ》になりそうだった。

だから、わたしはぐっと喉に力を込め、声を殺して泣いた。泣きながら、ふたたび万年筆をとる。

まだ、わたしの水曜日は完結していない。

洟《はな》をすすり、左手のティッシュで涙を拭《ふ》きながら、ふたたび空想の水曜日をしたためはじめた。

《最近、分かってきたことがあります。それは、人が幸せになるには、いくつかの法則があるということです。たとえば、わたしがこれまでに実践してきたことは——》

泣いているわたしは、泣くほど幸せな成功者になりきって、ちょっと上から目線で書いてみた。でも、我ながらいまいち説得力がない気がして、言葉尻《ことばじり》にはついつい《かも知れません》《ではないでしょうか？》などと書いてしまう。ちょっと弱気な文章だけれど、それでもかまわない。イメージのなかのわたしは、きっとそうやって幸せをつかみ取ったのだから。

そして、手紙の最後には、こう書いた。

《あなたと、あなたの周りの人たちの未来が最高にきらきらしたものでありますように。いつも笑顔でいられますように。あなたが、あなたらしくいられますように。わたしの水曜日を読んでくださって、どうもありがとうございました》

わたしは、遠くの誰かの幸せを心から祈りながら泣いていた。

そして、ふと思い出し、さっきしずくで消えてしまった《優》のところに、あらためて文字を書き入れた。

一画一画に心を込めて、できるかぎり丁寧な文字を。

味噌汁《みそしる》があたたまり、いい香りの湯気がキッチンに漂いはじめる。

小皿にとって味見をしたら、当たり前だけれど、いつもと代わり映えのしない味がした。

水曜日の手紙を書いた翌朝も、わたしの日常は何ら変わっていなかった。いつものように早起きをして、朝食と息子たちのお弁当の準備を淡々とこなすだけだ。

しばらくして、古びた廊下の軋《きし》む音がした。リビングのドアが開き、だるそうな顔をした夫が入ってくる。後頭部のひどい寝癖がアンテナみたいに上を向いているのがおかしい。

「おはよう」

キッチンからわたしが声をかけると、夫は椅子に腰掛けながら「ん、おは——」と言いかけて、わたしを二度見した。

「なんか、まぶた、腫《は》れてない？」

「え、そう？」

とぼけたわたしを見て、夫が眠そうな目を細めた。

笑ったのだ。

「埴輪《はにわ》みたいな顔だな」

「失礼ね。自分だって頭にアンテナを立てたロボットみたいじゃない」

そう言ってちょっと睨《にら》んでやったけれど、一応、この人はわたしの変化に気づいてくれたのだと思うと、ほんの少しだけ頬が緩んだ気がした。

わたしは、大介が予備校の小論文の講座を受けたがっていることを伝えた。すると夫は寝癖頭を撫《な》でながら、一瞬だけ考える素振りを見せたけれど、すぐに「まあ、うん、受けさせてやろうよ」と言った。

やがて息子たちもリビングにやってきて、いつもの素っ気なくも慌ただしい朝がはじまった。

ろくに味わいもせず、口から胃へと押し込んでいくだけの朝食——。ふだんの半分の食事で切り上げた夫を皮切りに身支度を整えはじめ、大介、亮介の順番で家を飛び出していく。

わたしはこの朝も三人の背中に「いってらっしゃい」と声をかけた。

さて、次は自分の番だ。

すぐさま最低限の化粧をして、動きやすいだけが取り柄のような服を身につけた。伊織のブレスレットを思い出したけれど、そのまま抽き出しにしまっておいた。玄関でスニーカーを履き、そして、誰もいない家のなかに向かって「いってきます」とつぶやく。

ドアの外に出ると、レモン色の朝日に目を細めた。

空は透明感あふれるブルー一色だった。

駅に向かって歩き出したわたしは、途中でいつもの道から逸《そ》れた。郵便局の前にあるポストに寄るためだ。

肩にかけた鞄のなかには、昨夜《ゆうべ》したためた「水曜日郵便局」宛ての手紙が入っている。たかが封筒と便箋だというのに、それがあると思うだけで、なんとなくいつもより鞄が重たく感じるのが不思議だった。

角を曲がると、郵便局の看板が見えてきた。

歩幅が、心なしか小さくなる。

こんな手紙……、もらった人は、気が滅入るんじゃないかな——。

じつは今朝、封筒を鞄に入れるときから、ずっとそんな懸念を抱いていた。なにしろ、この手紙の内容ときたら、最初から最後まで、ひたすら鼻につくような成功のエピソードの羅列でしかないのだから。わたしが受け取り人だとしたら、読みはじめて数行で舌打ちをするに違いない。

ふと、脳裏に伊織の顔がちらついた。

そもそも、こんな手紙を書いている暇があるのなら、真摯《しんし》な気持ちで伊織に謝罪の手紙を書くべきではないか、という思いもある。

そうこうしているうちに郵便局に着いてしまった。

局はまだ開いていないけれど、目の前の歩道にはポストがある。

わたしは鞄のなかから手紙を取り出した。そのままポストの投入口まで手紙を持っていき、ぎりぎりのところで投函《とうかん》をためらった。

どうしよう。やっぱり——。

そう思った刹那、わたしのすぐ後ろに葉書を手にした老齢の男性が立った。

「あっ、す、すみません」

別に、せかされたわけでもないのに、わたしは慌てて手紙をポストに入れていた。

そして、そのまますたすたと駅に向かって歩き出す。


出しちゃったよ、本当に——。


朝の低い太陽が正面からわたしを照らす。

まぶしさのあまり、少し下を向いて歩いた。

あの手紙が無くなった分だけ、鞄は軽くなった。そして、一方では、心の欠片《かけら》も一緒に失くしてしまったような、妙な喪失感を味わってもいた。

わたしの夢を誰かにあげちゃったから、かな——。

そう考えてみたら、なんとなく腑《ふ》に落ちるものがあった。

昨夜、あの手紙を書きながら空想の世界にいたとき、わたしは心の浅瀬で泣きながらも、コアの部分でときめいていた気がするのだ。ようするに、流したしずくの半分は、「幸せの涙」だったのだろう。

駅に近づいた。

バスのロータリーの手前で横断歩道を渡る。

派出所の前を通り過ぎようとしたとき、正面からランドセルを背負った子供が二人、パタパタと足音を立てながら駆けてきた。見たところ四年生と二年生くらいの少年たちだった。顔が似ているから、きっと兄弟なのだろう。二人は、ただ走っているだけなのに、歯が見えるくらいの笑顔だった。年上の子は少しゆっくりと、年下の子は必死に走って付いていく。

すれ違う瞬間、彼らが巻き起こした可愛らしい風を感じた。そして、その風は、なんだかとても自然な感じで、わたしの記憶を過去から連れてきてくれた。息子たちがまだランドセルを背負っていた頃の記憶だ。思えば、あの頃のわたしは、いまよりもたくさん笑っていた気がする。子供たちと一緒に些細《ささい》なことでけらけら笑っていたし、一方では、心配し、怒り、悲しんだりもしていた。

感情がくるくると動いていたのだ。

いまよりも「生きていた」と言うべきかも知れない。

駅に着いた。

人混みに紛れながらエスカレーターに乗る。エスカレーターは少しずつ高度を増していき、それに比例して、わたしが見晴らせる世界も広くなっていく。いちばん上に達して、駅のコンコースを歩きはじめた。

そのとき、わたしは思った。

また、誰かに水曜日の手紙を書いてみようかな、と。

今度は、過去の夢を題材に空想するのではなくて、現在のわたしからスタートする未来を思い描いて、わくわくするような水曜日を書くのだ。

パートと家事で疲れていたなら、筆をとらなくてもいい。でも、布団のなかでわくわくするような空想くらいはしよう。それだけなら疲れないし、しかも、ちゃんと感情は動かせる。そして、その瞬間のわたしはきっと「生きている」はずだから。

生きていれば、きっと寝つきだってよくなる。寝つきがよくなれば、朝の機嫌だって少しはいいだろう。たったそれだけでも、わたしは、昨日のわたしじゃなくなるってことだ。小さいけれど、それは進歩じゃないか。わたしが変わったということだ。

浄化という名の「毒吐き日記」に頼る生活はやめだ。

でも、ストレスが溜まりすぎたときは、特別に書いてもいいことにする。日記に毒を叩きつけたあとに、素敵な未来を空想すればいい。それでプラマイゼロ。帳消しだ。

いつもどおりの混雑した駅の改札を抜けた。

いつものホームへと向かって歩く。

これからわたしは、いつもの電車に乗って、いつもどおり埃っぽい倉庫に入り、いつもどおり生意気な年下の上司に顎で使われるのだろう。

考えただけで少しイラッとするけれど、でも、もうわたしは昨日までのわたしではない。空想だろうが何だろうが、未来を思い描くことができるわたしになったのだ。

ホームに着くと、ちょうど電車がやって来た。

通勤ラッシュの車内には、苦悶《くもん》の表情を浮かべたサラリーマンたちがぎゅうぎゅう詰めになっていた。

みんな、生きてるな、と思う。

そうしたら、うっかり頬が緩んでしまった。

まるで怪しい人みたいだ。

電車のドアが開いた。

バラバラとホームに押し出された乗客たちが、再び車内へと戻る。人が乗る余地など少しも見当たらない。それでもわたしは、いつもどおり、おしくらまんじゅうよろしく、背中から「よいしょ」と車両のなかに身体をねじ込んだ。

頑張れ、わたし。

未来のわたしを空想するときは、この電車には乗らないことにしてあげるから。

胸裏でつぶやいたら、いつもの一・五倍の力で踏ん張れているような気がした。

この踏ん張り。

これだって、進歩じゃないか——。

ふつうの日常のなかにある、ふつうの進歩だ。

『ごくふつうの人たちが、小さなふつうの人生を歩んでいて、それぞれに色んな思いがあって、必死に生きているんだなっていうのが伝わってくると、これが、なんか、こう、しみじみいいんだよねぇ』

あの日、伊織が口にした言葉を思い出す。

わたしは、生きている。

いま、わたしを電車から押し出そうとするふつうの人たちのなかで、ふつうに、必死に、生きている。

誰もが必死で、色んな思いを抱えて生きているのだ。

電車のドアが閉まり、ゆっくりと動き出した。

悪くないじゃん、そういうの。

必死のどこが悪い？

ふつうを肯定できたなら、それも進歩じゃないか——。

そう考えたら、また頰が緩んで……、でも、なぜだろう、ほんの少しだけ目尻に涙が滲んでいた。
電車が揺れて、両足を踏ん張った。
すし詰めの電車もまた、必死そうに車体をぎしぎし軋ませながら速度を上げていく。
ドアの車窓越しに、明るい外の風景を見た。
見慣れた街。
その上に広がる快晴の空は、わたしには、まだ、ちょっぴり青すぎる気がした。

# 2章　今井洋輝の灯台

五月の夜空に、きりりと引き締まった三日月が浮かんでいた。

近所にできたスーパー銭湯の露天風呂《ぶろ》に浸《つ》かりながら、ぼくはその月をなんとなく見上げた。

「はあ……」

うっかり、気の抜けた声を漏らしてしまった。

今日は残業もなかったのだが、なぜか首から背中にかけて倦怠《けんたい》感がへばりついているのだ。つい先日、三十三歳のゾロ目を迎えたばかりなのに、疲労度は四十路《よそじ》レベルに達している気がする。

「なんだよ今井《いまい》、疲れたオッサンみたいな声出すなよ」

頭にタオルをのせた小沼岳史《こぬまたけし》が、くすっと笑いながらぼくを見た。

こいつは、かつてぼくと同じ会社で働いていた元同期で、いまはビル清掃の仕事をしつつ、主にフリーのイラストレーターをやっている。いずれはイラスト一本で食べていくつもりらしいが、現状は、仕事が少ないうえに単価が安くて、なかなか厳しいようだ。

「サラリーマンっつーのは、日々、疲れるんだよ」

ぼくは、わざとらしく眉《まゆ》をハの字にして答えた。

「あはは。まあ、お前の部署は、つまらない人間関係でストレス溜《た》まりそうだからなぁ」

かつて同じ会社にいただけに、小沼はぼくの置かれた状況をよく分かっているのだ。

「ったく、お前みたいなフリーが羨《うらや》ましいよ」

「だろ？　でも、言っとくけど、自転車操業のフリーってのは不安と貧困との闘いだからな」

小沼が自虐ネタを口にしてニッと笑う。

「人間関係のストレスに耐えるか、不安と貧困に耐えるか、悩みどころだよなぁ」

「まあ、一長一短、だからね」

サラリーマンとフリーランスは一長一短――。

これまで小沼と顔を合わせるたびに、何度も何度も繰り返してきた会話だ。

小沼とぼくは、お互いが住んでいるアパートが近いうえに、なぜか妙にウマが合う。だから月に二度ほどは、仕事の後に地元の居酒屋で一献かたむけてカラオケに流れたり、こうしてスーパー銭湯でゆるゆるとした時間をともに過ごしたりしているのだった。

「そういえば今井、俺のグループ展、来られる？」

「おお、行くつもり」

小沼は来週、イラストレーター仲間数人でグループ展を開催するのだ。先月、その案内ハガキをもらっていたのに、うっかり返事をするのを忘れていた。

「今回のグループ展は『海』がテーマだからさ、俺、作品を描いてて、すごく気持ちよかったんだよね」

「気持ちよく仕事ができるってのは、いいよな。そういえば、お前の実家、海のそばだったよな？」

「そうなんだよ。だから子供の頃に見てた風景とか、ひなびた港町とか、描きたいものがたくさんあってさ――」

小沼は、肩までゆったりとお湯に浸かりながら、無邪気な少年の目で創作についてあれこれ語りはじめた。

ぼくはと言えば、着実に夢を叶《かな》えつつある友人を少し遠くに感じながらも、「うん」「へえ」「そうか」などと、短い返事をするばかりだった。しかも、返事をすればするほどに、自分の肚《はら》のなかに黒い靄《もや》のような感情が渦巻いていくのが分かって、つらい。

俺だって、本気を出せば「そっち側」の人間なのに。でも、いまは——。

かつて、ぼくは地方の美大に在籍していた。専攻はグラフィックデザイン科。当時は純粋に「絵本作家になる」という淡い夢を抱いていたのだが、卒業していきなりフリーの作家を名乗るのはさすがに無謀すぎる気がして、とりあえずは、まじめに就職活動をしてみた。しかし、入社を熱望していた四つの大手出版社には、すべて面接で落とされてしまった。

合格した唯一の会社は出版社ではなく、こまごました文具を企画開発するステーショナリーメーカーだった。その会社には「デザイン部」という部署があり、そこで自社商品のデザインをしているというのがちょっぴり気になって「滑り止め」気分で受けてみたのだ。

あまり気乗りしないまま入社をすると、美大卒のぼくは希望どおりデザイン部に配属された。そして、そこで出会ったのが、同期の小沼だったのだ。

ありがたいことに、デザイン部の仕事は、ぼくの性に合っていた。なにしろ自分の描いた絵やデザインが、お年玉のポチ袋になったり、レターセットになったり、付箋《ふせん》になったりして文具店で売られるのだ。それが無性に嬉《うれ》しくて、ぼくは残業も厭《いと》わず働いていたものだった。

自分の手で生み出した商品のなかには、いわゆる「大ヒット」はなかったけれど、「プチ・ヒット」はいくつかあった。そういう商品は、いつも田舎の両親に送った。するとと決まって母から喜びの電話がかかってくるのだった。

新入社員とはいえ、名刺の肩書きには「プロダクトデザイナー」と記されていたから、いっぱしのクリエイター気取りでいられるうえに、毎月、きちんと給料がもらえる。自由な部署ゆえ人間関係の風通しもよく、スーツとネクタイを身に着けずに出勤することも許されていた。

そんなサラリーマン生活に、ぼくはかなり満足していて、下手に出版社などに合格しなくてよかった、とさえ思っていた。

ところが、入社して二年半が過ぎた頃、ともに愉《たの》しく仕事をしていた小沼が「俺、そろそろ会社を辞めるわ」などと言い出した——、と思ったら、そのままあっさり辞表を提出してしまったのだ。小沼が上司に伝えた退社の理由は、まっすぐに「プロのイラストレーターになりたいから」だった。

夢に向かって羽ばたきはじめた同期の存在は、ぼくの心をざわつかせた。

つまり、ぼくは「あいつに先を越された」と焦りながらも、心のどこかでは、「小沼を観察して、いつかフリーになる自分の参考にすればいい」という、あざとい考えを抱いたのだ。

フリーになった小沼は、なかなか収入を安定させることができず、ビル清掃のアルバイトを兼業した。そして、そんな状況を本人から直接聞かされることで、ぼくの心はどこかで安堵《あんど》し、結果、小沼にたいして強い嫉妬《しっと》心を抱かずにいられた気がする。

友人の成功を祈りながらも、しかし、大成功した姿は、あまり見たくない――。

そんな矛盾を抱えてしまったぼくは、小沼が独立してからずっと変な息苦しさを味わい続けたのだった。

さらに入社五年目になると、新人の女の子が二人、デザイン部に配属されてきた。そして、その二人に押し出されるようなかたちで、ぼくは営業部に異動させられてしまった。

新人の女の子たちは、絵にもデザインにも抜群のセンスを有していた。しかも、彼女たちの瑞々《みずみず》しい才能は、これまで業界に存在しなかったようなフレッシュなアイデアの種を続々と生み出しては、ひとつずつきちんと花を咲かせていったのだ。

結果、ぼくが抜けたデザイン部はヒット商品を連発し、社内の評価はまさにうなぎ上りとなった。

八面六臂《はちめんろっぴ》の活躍を見せる彼女たちの噂は、営業部で汗をかくぼくの耳にもしばしば入ってきた。

「あの子たちは才能があるからさ、近いうちにフリーになっちゃうんだろうね」

そんな噂を耳にするたびに、ぼくは湿ったため息を吐き散らかすしかなかった。

こうなったら、窮屈なスーツに身を包み、不慣れな営業でかかとをすり減らす毎日にはさっさと別れを告げて、思い切ってフリーになってしまおうか――、そんな想いが日増しに強くなっていった。

しかし、軽く蹴飛《けと》ばしただけで崩れ落ちそうな安アパートに住み、顔を合わせるたびに「金欠だぁ」と苦笑いしている小沼を見ていると、なかなか自由への一歩は遠かった。

とりあえずは「石の上にも三年」だよな――、なんて自分に言い聞かせながら営業をやり続けているうちに、ズルズルと年月は流れていき――、そして、社内の噂どおり、二人の天才女子たちはあっさり会社を辞めて、それぞれデザイナーとして独立し、ぼくは総務部への異動を告げられた。

それから、さらに二年後、ふたたび営業部に戻されて、気づけば入社十年――。

ぼくの名刺には「課長」と印字されていた。

出世は、わりと早かった。でも、管理職になった以上、もはやデザイン部の「実動部隊」に戻れる可能性はゼロになってしまった。

十年……、振り返ればあっという間だったけれど、「石の上」に座り続ける時間としては長すぎたかもなぁ……。

そんなことを思って、うっかりため息をつきそうになったとき、

「つーか、おい、今井、聞いてんのかよ？」

頭にタオルをのせた小沼が、眉をハの字にして不満げな声を出した。

「え？　あ、うん、聞いてるよ」

喉元《のどもと》まで出かけていたため息を飲み込んで答えた。

「じゃあ、俺がいま何て言ったか、言ってみろよ」

小沼がいたずらっぽく笑いながら言う。

「ええと、だから、ようするにさ……、地元の海に潜りながら撮影した水中写真をモチーフに描いた絵をいくつか展示するんだろ？」

「いくつかじゃなくて、三つ、な」

「あ、うん、そっか。あとは、今回の展覧会では、作品をデジタルリトグラフにして、それぞれ通し番号を振って二〇枚ずつ売るんだろ？」

「あれ？　なんだ、聞いてたのか」

「だから、聞いてたって言ってんだろ」なんとか答えたぼくは、わざと苦笑してみせた。「せっかく露天風呂に浸かってるんだから、月を眺めながら聞いてたんだよ」

「そっか。なら、いいんだけどさ」

長湯をしていたぼくらは、いったん立ち上がり、露天風呂の縁《へり》に並んで腰掛けた。すうっと吹き抜ける初夏の夜風が、火照った背中を冷ましてくれる。

「今回のグループ展はさ、いままでの展覧会よりだいぶ規模が大きいから、出版社の編集者とか広告代理店のプロデューサーたちにも片っ端から声をかけてるんだよね」

小沼が続きをしゃべりはじめた。

「いいね。仕事が増えそうじゃん」

「だろ？　参加した絵描き仲間で人脈をまわすっていうか、そうやってお互いの仕事の幅を広げようと思ってさ」

「なるほど。助け合いってやつね」

「まさに、それ。俺もさ、いい加減、イラスト一本で食わねえとな」

「やれそうなの？」

「まあね」

「マジか？」

「あと、もう少しだけ仕事が増えれば、やっていけるかな。ビル清掃を辞めれば、その分、イラストも描けるようになるしさ」

「そっか」

「うん」

「なんか、すげえな、お前……」

ぼくの唇から、ぽろりと本音がこぼれ落ちた。

小沼の横顔を見ると、その口元には小さな笑みが浮かんでいた。しかも、夢見る少年のような遠い目で、きりっとした三日月を見上げているのだった。

こいつ、いつか本物になっちゃうかもな――。

ぼくは胸裏でつぶやいた。

下積み中の小沼には、あえて言っていないけれど、ぼくの美大時代の友人のなかには、プロの写真家として活躍している奴や、それこそイラストレーターとして独立している奴もいる。最近では、ネットでゆるい四コマ漫画を発表しているうちに、それが出版社の目に留まり、あれよあれよという間に十万部のベストセラーを出してしまった奴もいて、同窓生のあいだではかなりの「有名人」になっていた。

そいつらと比べたら、小沼は周回遅れのひよっこだ。

とはいえ、絵筆一本で人生を成立させようと踏ん張っている元同期の背中は弓のようにピンと伸びていて、ぼくの目には悲しいくらいにまぶしく映るのだった。

「あ、そうだ。ぜんぜん話が変わるけどさ」ふいに小沼が、広い岩風呂の奥を指差した。「前から思ってたんだけど、あれ、なんでマーライオンの偽物みたいなデザインにしたんだろうな?」

小沼が指差す先には、湯船に向かって口から滔々《とうとう》とお湯を吐き出す獣のような石像があった。それは大人の男の背丈ほどもあって、どことなく沖縄のシーサーを想わせた。

「うーん、ここのオーナーが沖縄県民だから?」

ぼくは笑いながら適当に思ったことを口にした。

「なるほど。あれ、シーサーっぽいもんな」

「うん。でもさ、二本足なのが気になる——っていうか、あらためてよく見ると、若干、気持ち悪いよな」

「あはは。たしかに、よく見るとシュールすぎるかも」

小沼が吹き出して、続けた。

「きっと、あえて怪しい石像にしてやろうっていう、遊び心があったんだろうな、このオーナーに」

「遊び心ねえ……」

言いながらぼくは、どうでもいい話題をニコニコしながらしゃべる小沼の横顔を見ていた。

もうすぐ専業の絵描きになる友人——。

そう考えながら眺めると、いろんな意味でしみじみとした思いがこみ上げてくる。

「小沼さ……」

「ん？」

元同僚が、こちらを振り向いた。

「いまさらだけど――、お前、会社を辞めるとき、怖くなかった？」

「えっ、なんだよ、急に」

小沼は半笑いで小首をかしげた。

「なんとなく……、どうだったのかな、と思ってさ」

すると小沼は裸の胸の前で腕を組んで、少し懐かしそうな目をした。

「まあ、不安は、あったよね」

「そっか」

「そりゃ、誰だってそうだろ？」

「勇気あるんだな、お前――」

ため息まじりに本音で褒めたら、小沼がくすぐったそうな顔をした。だから、ぼくは照れ隠しに続けた。

「それとも、お前、昔から後先を考えないタイプ？」

「あはは」小沼は短く笑った。「まあ、後先を考えないってのもあるかも知んないけどさ、でも、それだけじゃない気がするんだよね」

「………」

「なんて言うか……、それこそ、さっきのオーナーじゃないけど、単純に『遊び心』が勝ったのかも」

「遊び心？」

そんなもので、会社を辞められるのか？

「うん。だってさ、人生をいちいち深刻に考えている奴は深刻な人生を送ることになるわけだし、人生なんて遊びだと思って楽しく考えていたら、人生そのものが遊びになるわけじゃん？」

そんな哲学みたいな台詞《せりふ》をカラッとした笑顔で言われると、ぼくの脳みそはフリーズしそうになる。

「え、なに、それ……」

「だからさ、ようするに、せっかく生まれたからには遊ばなきゃ損だと思うわけよ。やりたくないことばかりやっているうちに人生が終わっちゃうなんて、絶対に嫌じゃん？」

「うーん……」

小沼の言葉がやたらときらきらした正論に聞こえてきて、もはやぐうの音も出なかった。でも、ぼくの心の片隅には、とても現実的かつ退屈な反論が見え隠れしていた。

お前だってさ、もしも、人生の「失敗」に気づいたら、そんなカッコイイ台詞は言えなくなるんじゃないの？

もちろん、その言葉は、ぼくのなかにしまっておく。

「そんな感じだからさ、べつに俺に人一倍の勇気があったわけじゃなくて、単純に遊び心で退社したんだろうなって思ってるんだよね」

「そっか……」

「それに、俺は独身だし、今井みたいに婚約者がいるわけでもないから、気楽でいられるしさ」

さらりとそう言って、小沼はふたたび肩まで湯に浸かった。夜風に吹かれているうちに上半身が少し肌寒くなってきたのだ。ぼくもとなりに腰を下ろしながら、「なるほどなぁ」と頷《うなず》いた。

ふたたび三日月を見上げた。

婚約中の柿崎照美《かきざきてるみ》が笑ったとき、あんなカタチの目になるよなぁ、と思いながら。

そして、ぼくは、自分に言い聞かせるように言った。

「まあ、とりあえずは生活を安定させておかないとな、俺は」

「うん。一長一短、だしね」

いつもの小沼の台詞に、「だね」と答えて頷いたら、また、さっきみたいに「はあ……」と気の抜けた声を湯気のなかに吐き出していた。

「なんだよ、お前、本当に大丈夫か？」

笑いながら言う小沼に、ぼくはわざと堂々巡りとなる言葉を返してやった。

「だから、サラリーマンっつーのは、日々、疲れるんだって」


半島の先端まで車で南下すると、そこは海に隣接した公園だった。

眼前に広がる芝生は、初夏の日差しを浴びて、まぶしいほどに青々としている。

芝生の向こうは赤茶色の磯で、その先は紺碧《こんぺき》の海。

左を向けば白亜の灯台がそびえ立っている。

ぼくと婚約者は、たゆたう紺碧の広がりを眺めながら、磯に沿ってうねうねと延びる遊歩道を歩いていた。

「やっぱ海はいいなぁ」

ぼくの少し前を歩いていた婚約者は、そう言って両手をぐっと青空に向けて突き上げ、のびをした。

逆光のなか、華奢《きゃしゃ》な彼女の腰がいっそう細くなる。水色のスカートと栗色の髪の毛が、やわらかな海風を浴びて心地よさそうに揺れた。

いまの、絵になるな——。

ぼくがそう思ったとき、彼女がくるりとこちらを振り向いた。

「ねえ、海をバックに二人で自撮りしない？」

彼女の手には、銀色のコンパクトカメラが握られていた。

「いいね。カッキーが撮る？」

婚約者の苗字《みょうじ》は柿崎だから、彼女はみんなからそう呼ばれているのだ。

「うーん……、やっぱりヒロくんが撮って。腕が長いから」

「オッケー」

銀色のカメラを受け取ったぼくは、思い切り腕を伸ばしてシャッターボタンに人差し指をかけた。

「このくらいのアングルでいいかな？」

「うん、広角だし、いいと思う」

ぼくらは海を背にして頬を寄せ合い、レンズに向かって笑顔を作った。

「じゃ、撮るよ」

「うん」

ピッ。

「もう一枚」と、カッキー。

「じゃあ、今度は変顔ね」

「ええ〜っ」

「あはは。ちゃんと振り切った変顔するんだぞ」

「え、ちょっと待って、わたし、どうしよう」

「いくぞ」

ふたたびシャッターボタンを押した。

「撮れたかな？」

ぼくらはカメラの背面液晶を覗《のぞ》き込み、いま撮影したばかりの変顔写真をチェックした。

「うは、ひでえ」

「嫌だぁ、もう、さいあく」

くったくのないぼくらの笑い声が、青くて伸びやかな初夏の渚《なぎさ》に広がっていく。

ぴゅーるるるる……。

澄んだ青空から降ってくるのは鳶《とび》の歌声だ。

「んじゃ、行こうか」

「うん」

ぼくらは、唇に笑みを残したまま遊歩道を歩き出した。

少し歩くと、海に突き出した大岩の上に立つ太公望《たいこうぼう》のシルエットが目についた。その釣り人は五メートルはあろうかという長い竿《さお》を振っていた。

「あ、なんか、いい感じかも」

言いながら、カッキーは足を止めると、釣り人にカメラを向けてシャッターを切った。

「どう？　いい写真、撮れた？」

「うーん、これはいまいち、かな」

写真を確認しながら小首をかしげた彼女は、ぼくの三つ下とは思えないような、あどけない笑みを浮かべた。ぼくはカッキーのこの笑い方が理由もなく好きで、いつまででも眺めていたいとすら思う。

ちなみに、ぼくは昔から絵を描くのが好きで、カッキーの趣味は写真だから、しばしば二人はこうして休日にドライブデートをしては、美しい風景のなかをのんびり散策しつつ、それぞれ撮影とデッサンを楽しんでいるのだった。

ぼくらが出会ったのは、二年ほど前のことだ。

場所は、地元の駅前にある純喫茶。

カッキーは、その店の雇われ店長で、いつもカウンターの向こうでニコニコしながら美味《おい》しいコーヒーを淹《い》れている。そして、ぼくは、たまたまお客としてカウンターに座り、「コーヒー、すごく美味しいですね」と話しかけた。それがはじまりだった。

店の名前は「昭和堂《しょうわどう》」。オーナーの好みで昭和歌謡を流しているのが店名の由来だそうだ。店のなかには、なぜか神棚と賽銭《さいせん》箱が置かれているのだが、その理由については、まだカッキーに訊《たず》ねたことはない。

ふたたび遊歩道を歩いているとき、ぼくは、ふと、海とは反対側を見上げた。

「あ、カッキー、ちょっと待って。この風景、描いていこうかな」

「あの灯台？」

「うん。手前の風景も含めて描いたら、いい感じじゃない？」

抜けるような青空と白亜の灯台のコントラスト。その手前には五本の背の高いヤシの木が揺れていて、さらにその手前に荒々しい岩場がある。

「うん。変化のある、いい構図だね」

言いながら、カッキーもシャッターを切った。

ぼくは背中のリュックからスケッチブックと鉛筆と消しゴムを取り出すと、ちょうど遊歩道の脇にあった石のベンチに腰掛けた。スケッチブックを開いて太ももの上に置き、さっそく、さらさらと鉛筆を走らせる。

となりに座ったカッキーが、興味深そうに横からスケッチブックを覗き込んできた。岩場と、ヤシの木と、灯台の配置を大雑把に描いたところで、カッキーが感嘆してくれた。

「あっという間に、そこまで描けちゃうんだもんね。ヒロくん、すごいなぁ」

「筆の速い人は、もっと速いよ」

返事をしながらも鉛筆を動かす。

少しすると、カッキーがベンチから立ち上がった。

「じゃあ、わたしも遊歩道を歩いて写真を撮ってくるね」

「あ、うん」

ぼくは顔を上げて答えた。

カッキーはくつろいだ笑顔で「じゃ、ちょっと行ってくる」と言い、頰の横で小さく手を振った。そして、こちらに背を向けて歩き出す。

きらめく海風のなかを、婚約者が歩いていく。

青い海、青い空、赤茶色の岩場、石畳の遊歩道、そして、水色のスカートをひらめかせて歩く女性の後ろ姿。

これも絵になるな――。

と、離れていく背中を眺めていたら、カッキーがふいにこちらを振り返り、もう一度、小さく手を振ってくれた。

ぼくも、鉛筆をつまんだままの右手を振り返す。

銀色のカメラを手にした婚約者が、ふたたび背を向けた。そして、のんびりとした歩調で歩いていく。

「さてと……」

つぶやいて、ぼくはスケッチブックに視線を落とした。そして、デッサンの続きに取り掛かる。

背後の磯からは、ざん、ざん、と岩に砕ける波の音が聞こえてくる。海風が吹くと足元の草むらが楽しげに揺れ、そして、相変わらず青空から鳶の歌が降ってくる。

シャ、シャ、シャ、シャ……、使い慣れた鉛筆がスケッチブックの上で軽快な音を立てる。

ぼくは、自分の身体から重さが消えていくような感覚を味わいながら、創作の世界へと入り込んでいった。三次元の対象物と二次元のスケッチブックのあいだを行き来するだけの、とても、とても、シンプルな世界だ。

それからしばらくの間、ぼくは時間の観念から解き放たれたまま愉悦の刻《とき》を過ごすのだった。

〜〜


それぞれ撮影とデッサンを終えたぼくらは、車のトランクから折りたたみ式のテーブルと椅子を取り出して、海を見晴るかす芝生の公園の隅っこにセッティングした。

そして、シングルバーナーでお湯を沸かし、カッキーにコーヒーをドリップしてもらった。

「お店で飲むコーヒーも好きだけど、やっぱ、こういうのもいいなぁ」

フルーティーで華やかな香りのコーヒーを味わいながら言うと、カッキーも嬉《うれ》しそうに目を細めた。

「だよね。だってさ、この見渡す限りの風景が、わたしたちの貸し切りなんだもんね」

なるほど――、貸し切りだと思いながら、あらためて海原を眺めてみると、清々《すがすが》しいブルーがたまらなくて、思わず深呼吸をしてしまう。

「贅沢《ぜいたく》って、こういうことを言うんだろうな」

「うん。ああ、ほんと気持ちいいね。水平線がきれい」

ぼくらはコーヒーカップを片手に、二色のブルーのコントラストを眺め、目を細めた。

五月の潮風とフルーティーなコーヒーの風味は、やたらと相性がいい気がする。

「わたし、前にも言ったと思うけどさ」

「うん」

「ここからわりと近くにある小さな岬の喫茶店のママさんから、コーヒーの淹れ方を教わったんだよね」

「ああ、そういえば、そんなこと言ってたね」

「今度さ、その店にも行こうよ。ヒロくん、きっと気に入ると思うから」

「なんなら、今日の帰りに寄って行く？」

「えっ、いいの？」

「もちろん」

「わあ、やった」

ぼくらは、そんな何げない会話を愉しみながら、いましがた創作したお互いの絵と写真を見せ合った。

「カッキー、また腕を上げたよな」

お世辞ではなく、このところ一気に上達していると思う。なにしろ彼女が切り取った静止画からは「動き」を感じることもあるし、ときには語りかけてきそうな「物語性」を感じたりもするのだ。

「ほんとに？」

「うん、ほんとだよ」

「じつはね、ネットで、写真の撮り方をいろいろと勉強したり、プロの写真家さんたちの作品をたくさん見て研究したりしてるんだよね」

「だからか」

「うふふ。上手な人の撮り方をわたしなりにパクってるだけなんだけどね」

「言っとくけど、パクるのもなかなか難しいんだよ」

「そうなの？」

「そりゃそうだよ。そんなに簡単にパクれたら、みんなプロの写真家になれちゃうじゃん」

「あ、そっか。じゃあ、これは、わたしの才能ってことでいい？」

ぼくは笑いながら「俺は心が広いから、いいってことにしといてあげる」と言った。

ころころと鈴のように笑ったカッキーは、テーブルの上のぼくのスケッチブックを引き寄せた。そして、目尻《めじり》に笑みを溜めたまま、少し感慨深い声を出した。

「ヒロくんの絵は……、パクられる側だね」

「そんなことないよ」

「あるって」

照れくさくて、ぼくは黙った。

「今日は、一枚しか描かなかったの？」

「うん」

一枚描いたら、なぜか「もう充分」というくらいに心が満たされてしまったのだ。

なんだか今日は、あらためて、自分はやっぱり絵を描くのが大好きなんだな――と、再認識させられた一日となった気がする。

「ヒロくんてさ、その気になれば、いますぐにでもプロになれそうだよね」

「え……」

口に運びかけていたコーヒーカップを止めて、ぼくはカッキーの顔を見た。

「イラストレーターとか、絵本作家とかさ、そういう人になれそうなくらい上手だと思う」

「…………」

「ヒロくんの絵って、タッチがやさしいんだよね。この絵に水彩で色を付けたような絵本があったら、きっと読みながら癒《いや》されるんだろうなあって思っちゃう」

カッキーは、ぼくの絵よりもずっとやさしい表情で、灯台の絵を見詰めていた。

う——、か。

プ、なってもいいかな？

談めかしてそう言ったら、ぼくの婚約者は何と答えるだろうか？

海風が吹き、カッキーの髪の匂いがふわっと香った。

「ヒロくん、コーヒーのおかわり、いる？」

スケッチブックから顔を上げたカッキーが微笑んでいる。

「あ、いる。次は……、違う豆のを飲んでみたいな」

「オッケー。じゃあ、今度は深煎《ふかい》りにするね」

きらきらと乱反射する海原をバックに、婚約者がコーヒーを淹れる準備をはじめた。

ぼくは、そっとスケッチブックを手前に引き寄せた。

そして、開いていたページを閉じる。

まずは、このやさしい人との結婚を——一緒に歩む人生を——ちゃんと大事にしよう。夢なんて、その気になればいつだって追える。とにかく、いま、この瞬間のぼくが優先すべきは、間違いなく「生活の安定」なのだから。

ぼくは肚のなかで自分に言い聞かせた。

そして、カッキーに悟られないよう、さりげなく深呼吸をした。肺を洗うような海風の清々しさに、どこか救われる思いがした。

カッキーが新しいコーヒー豆の匂いをかいで、「うん、これもいい香り」と口角を上げた。そして、黒光りする豆をミルに投入する。その手際の良さを見ていたぼくは、ふと思う。

この人だって、コーヒーを淹れるプロじゃないか。プロの土俵に上がって勝負しているのだ。ということは、つまり、ぼくだって会社という土俵で毎日しっかり勝負をしているってことだ。

それで、いいじゃないか。

いまは――。

「どうしたの？　深刻な顔して」

ぞりぞり……、とコーヒーミルのハンドルを回しながらカッキーが小首をかしげた。

「え？　あ、ちょっと考え事してた」

「仕事のこと？」

「うん。まあね」

すると、カッキーは、ぼくから視線を外し、くるくる回すミルのハンドルを見下ろし

つ口を開いた。

に、うちのお店のオーナーの霧子《きりこ》さんが言ってたんだけどね」

「あ、うん……」

「人間っていう生き物は、ちょっと賢すぎるから、ついつい頭で損得ばかりを考えて行動しちゃって、その結果、後悔することが多いんだって」

「…………」

「大切なのは、頭じゃなくて、心に従って行動すること。そうしていれば、物事が上《う》手《ま》くいっても失敗しても、後悔することはないんだよって」

ぞりぞりぞり……。

カッキーはまだミルを見詰めている。

「心に従って、か……」

「うん。自分の心に耳を傾けて、その感情に素直に従って生きてさえいれば、死ぬときも、きっと晴れやかな気持ちでいられるよって教えてくれたの」

海風に乗って、挽《ひ》きたての豆の香りが漂ってきた。

ぼくは婚約者を心配させないよう、「なるほど、いいことを聞いた」と微笑んでみせた。

するとカッキーは少し目を細めて「よし、挽けた」と顔を上げた――、と思ったら、すぐに「あっ、お湯沸かすの忘れてた」と、プロとは思えない台詞を口にするのだった。

ていた。

〜〜

ターミナル駅から五分ほど歩いたオフィス街のはずれに目指すビルはあった。

一階は、洒落《しゃれ》たガラス張りのギャラリーだ。

なかを覗くと、二十人ほどの人たちが壁に掛けられた作品を眺めたり談笑したりしていた。

ぼくはガラス扉を開けて、ギャラリーのなかに入った。

「おおっ、今井、サンキュー」

さっそくぼくを見つけた小沼が、嬉しそうに目を細めて近寄ってきた。

「おう、おつかれ。盛況じゃん」

「まあまあだね。っていうか、今井が平日に来てくれるとは思わなかったよ」

「営業先から近かったからさ、会社に直帰するって連絡して、そのまま来たんだよ」

「なるほどね」

小沼はチェック柄のクラッシャブルハットをかぶり、無精髭《ひげ》を生やしていた。いかにも「若きアーティスト」という雰囲気を醸し出している。

「今回は六人展だけどさ、みんなすごくいい作品を描く人たちなんだよ。ゆっくり観てってな」

「オッケー」

ぼくは、ギャラリーの入り口近くの壁に掛けられた作品を皮切りに、じっくりとイラストを鑑賞していった。

テーマは同じ「海」でも、作家それぞれの個性が際立っているから、観ていてじつに面白い。

気に入った絵をまじまじ眺めていると、その絵を描いた本人が声をかけてくれて、創作にまつわるあれこれを聞かせてくれるのも愉しかった。

小沼の作品は、いちばん最後となる六人目のコーナーに飾られていた。葉書サイズの小さな絵から、新聞全紙サイズの大きなものまで、十数点が展示されている。なかには作品を絵葉書にしたものや、Tシャツにプリントしたものもあり、それらも、ちゃっかり商品として売られている。

ぼくはご祝儀がわりに五〇〇円の絵葉書セットと、三五〇〇円のヤシの木がデザインされたTシャツを購入することにした。

それにしても――、小沼のやつ、いつの間に、こんなに腕を上げたのだろう。

ぼくが素直に感動しながら作品を観ていると、小沼が横に並んでしゃべりはじめた。

「あっ、Tシャツ、買ってくれんの？」

「絵葉書もな」

「おお、心の友よ！」

小沼は笑いながら「ドラえもん」に出てくるジャイアンの真似をした。

この会場にいる小沼は、なんだかいつもより堂々としていて、テンションも高い気がする。

「で、どうよ。俺の作品」

「いやぁ、上手いよ。俺と仕事してた頃より、ずっとレベルが上がってるじゃん」

「あはは。下手になってたら、ヤバいもんな」

小沼は冗談めかして言うけれど、こいつの描く「海」の絵は、どれも色使いが淡くシルキーで美しく、さらさらした光の粒子が世界に満ち溢《あふ》れているような――、そんな作品だった。じっと眺めていると、「幸せな思い出」と触れ合っているような、不思議な気持ちにさせられる。

「小沼の絵ってさ、昔はもっと違うタッチだったよな」

ぼくが言うと、小沼は「うーん」と小首をかしげた。「っていうか、こういうタッチでは描かなかっただけだよね」

「え？」

「サラリーマンの頃はさ、デザインする文具が決められてたじゃん？　だから、それに合わせた絵しか描いてなかったんだよ」

「そう、だったんだ……」

描けたのか、あの頃も、こんなに繊細なタッチの絵を。

なるほど、とぼくは得心した。小沼はこれほどのポテンシャルを隠し持っていたのだ。ならば、あっさり脱サラに踏み切れたのも納得できる。

「すでに売れた絵、ある？」

「まだ一枚だけだけどね。これが売約になったよ」

小沼が指差したのは、A4ほどのサイズの絵だった。タイトルは「朝焼けの灯台」。

見上げた灯台の白亜を、朝焼けが淡いピンク色に染め上げている、目にも心にもやさしい雰囲気の絵だ。値段は十二万円とつけていた。

「たしかに、これが売れるのは、分かるな」

言いながら、ぼくは先日、自分がデッサンした灯台の絵を思い出していた。

カッキーが言っていたように、あれに水彩で色をつけて、この会場で展示したら──

──。

「あ、そうだ、今井さぁ」

小沼に名前を呼ばれて、ふと我に返る。

「ん？」

「今日、このあと、イラストレーター仲間と軽く飲んでいくんだけど、一緒にどうよ？　みんなにあらためて紹介するよ」

「え？　あ、うーん……」

考えながら、ぼくは、ちらりとギャラリー内のクリエイターたちを見渡した。金髪だったり、長髪だったり、三色のペンキをぶちまけたようなシャツを着ていたり……、しかも、それぞれが鷹揚《おうよう》な空気をまとった自然体で、愉快そうに微笑みながらお客たちと話をしていた。

「悪いけど――」

「え……」

「今日は、やめとくわ」

地味なスーツにネクタイ姿のぼくは、なるべく軽い口調で言った。

「マジかよ。みんな、すげえ魅力的な人たちだよ」

それは分かっている。いまさっき、ほとんどの作家たちと言葉を交わしているのだ。たしかに一人残らず個性的で、とても魅力的だった。でも、だからこそ、いまの自分には――。

「ごめん。今日は持ち帰り残業があってさ」

とっさについたぼくの嘘は、おそらく元同僚の小沼にはバレている。それでも小沼は、いつものカラッとした笑顔を向けてくれたのだった。

「そっか。じゃあ、まあ、残念だけど、またの機会にな」

そんな機会は来ないことを前提に、ぼくは頷いた。

「うん、そうするよ」

いつもより窮屈に感じていたネクタイをゆるめて、ぼくは営業で鍛えた作り笑いを浮かべた。


展覧会から帰宅すると、すぐにシャワーを浴びた。

胸の内側がやたらともやもやしていたので、せめて身体くらいはさっぱりさせたかったのだ。

バスルームから出たぼくは、髪にドライヤーもかけずに一人暮らし用の小さなテーブルに着いた。そして、缶ビールを飲みながらコンビニ弁当をかき込んだ。

腹が満たされると、毛羽立っていた気持ちも少しは落ち着いてきた。

「ふう……」

満足の吐息ともため息ともつかない声を漏らしたぼくは、書棚に立てておいたスケッチブックをテーブルの上に置いた。そして、あの灯台の絵のページを開いてみた。

やっぱり、悪くない——と思う。

着彩した後をイメージしてみると、なおさら悪くない。

「うーん……」

と思わず唸《うな》ったのは、小沼の描いた灯台の絵と比べてしまったからだった。

ぼくの絵は、悪くない。

しかし、小沼の絵は、いい。

いや、とても、いい。

その違いがどこから来ているかは、ぼくにだって分かる。四角い画面から立ちのぼってくる静かな空気感、もしくは世界観が、小沼の絵にはしっかりと息づいているのだ。あの絵と比べると、ぼくの絵は薄っぺらい。単なる「デッサンに狂いのない写生画」にすぎないのだ。

「うーん……」

ぼくは、もう一度、唸った。

ふたつの絵の違いは、分かる。

では、どこをどうすればいいのか？

それを考えはじめると、雲をつかもうとするような気分になってくる。

「ああ、もう」

小声で言ったぼくは、立ち上がってキッチンに向かった。

食器棚から背の低いグラスを取り出し、そのなかに氷のキューブを五つ落とした。

そして、安いバーボンをとぷとぷと注ぐ。

人差し指を突っ込んで氷ごとくるくる回しながら、ふたたびテーブルに着いた。

今夜は、ひとり酒《ざけ》で酩酊《めいてい》してやるか――。

くさくさした気分でそう思った刹那《せつな》、ふと明日の仕事の予定が気になった。

ぼくはテーブルの隅で充電中だったスマートフォンを手にして、スケジュールを確認すべくアプリを開いた。

「今日は、ええと、水曜日だ、か、ら……」

と、ひとりごちたとき、耳触りのいいカッキーの声が脳裏で再生された。

「ヒロくん、『水曜日郵便局』って知ってる？」

あの日、帰りの車のなかで、カッキーはぼくにこんな問いかけをしたのだった。

運転席のぼくは「いや、知らないけど」と答えた。

するとカッキーは、「ちょっと夢のあるサービスなんだけどね」と前置きをしてから、説明をはじめた。

カッキーいわく、水曜日の出来事を手紙に書いて「水曜日郵便局」宛てに送ると、後日、別の誰かの水曜日の出来事が書かれた手紙が自分宛てに送られてくる、ということだった。

そのプロジェクトがスタートした当初、「水曜日郵便局」は熊本県の赤崎《あかさき》という土地に設置されたそうだが、いまは第二弾として東北のどこかに局を移しているらしい。

「水曜日郵便局、か――」

カッキーとのやりとりを回想し、なんとなく気になったぼくは、テーブルの上でノートパソコンを開き、「水曜日郵便局」を検索してみた。

すると、現在は宮城県東松島市《ひがしまつしま》の「鮫ヶ浦《さめがうら》」という海辺に局が設置されていることが分かった。

写真を見る限り、そこは真っ暗な素掘りのトンネルを抜けた向こう側にある、鄙《ひな》びた小さな漁港のようだった。

そう言えば、小沼が描いたのも、こんな感じの鄙びた港の灯台だったな――。

ホームページを見ながら小沼の絵を思い出したら、ぼくの口は「あ……」と声を漏らしていた。というのも、「局長メッセージ」というページに描かれている絵が、まさに海と灯台をモチーフにしたものだったのだ。

また、灯台か――。

あの展覧会の会場で、自信に満ちた笑みを浮かべていた小沼を思い出す。そして、小沼と一緒に作品を展示していたクリエイター仲間たちの、まさに自由を謳歌《おうか》しているかのような雰囲気……。

ぼくはロックのバーボンをゴクリと音を立てて飲んだ。

摂氏零度に近い液体が喉をキュッと冷やし、すぐにそれが焼けるようなアルコールの熱さに変わる。

「くはぁ……」

と絞り出すような声を出したとき、なぜだろう――、ぼくは彼らとの飲み会から逃げてきた自分のことが、急に情けなく思えてきたのだった。

なにが持ち帰り残業だよ……。

胸裏で自分自身にボヤいて、またバーボンを喉に流し込んだ。

すると、次の瞬間――。

サク、サク、サク……、と妙な音が聞こえてきた。

耳を澄ます。

どうやら、その音はベランダのある窓の外から忍び込んできているようだった。

ぼくは静かに窓辺へと歩み寄り、音を立てないよう気をつけながら掃き出し窓を開けた。

サク、サク、サク……。

窓を開けると、音が大きくクリアになった。

裸足のまま、そっとベランダに出てみる。

ぼくの部屋は二階にあるのだが、この妙な音は、ベランダのすぐ下から聞こえていた。

手すりから顔を覗かせ、階下を見下ろす。

すると、地面を覗き込むような格好をした、長身の男の背中が視界に入った。下の部屋に住んでいる若い男だ。まだ会話をした覚えはないが、顔を合わせればお互いに会釈くらいはする。

こんな夜に、いったい何を……。

よく見ると、男の手にはスコップが握られていて、せっせと庭に穴を掘っていた。サクサクというのは、その音だった。

それにしても、アパートの庭に、穴？

気になったぼくは、男に気取られないよう注意しつつ、その行動を上から注視していた。

やがて穴を掘り終えた男は、いったん室内に消え、すぐに何かを大事そうに抱えて現れた。

抱えていたのは、バスタオルでくるんだ一匹の猫の死体だった。

男は、その猫をタオルごと穴のなかにそっと寝かせた。

つまり、男が掘っていた穴は、飼い猫のための「墓」だったのだ。

猫を埋めるとき、男はスコップを使わなかった。地面に両膝《りょうひざ》をつき、這《は》いつくばるような格好をして、素手でやさしく土をかけていた。

丸まった男の背中は、やけに小さく見えた。

淋《さび》しい夜が、ここにもあった——。

ぼくは、なんだか堪《たま》らない気持ちになって室内に戻り、そっと窓を閉めた。そして、氷の溶けかけたバーボンをふたたび口にした。

テーブルの向こうに押しやっていたスケッチブックが目に入る。蛍光灯の冷たい明かりを浴びたぼくの「悪くない」灯台の絵が、妙に空々しく見えた。

プロとして自分の人生を歩んでいる小沼の笑顔と、朝焼けに映えたピンク色の灯台が脳裏にちらつく。

目の前のノートパソコンの画面には、見知らぬ誰かが描いた港と灯台の絵が浮かんでいる。

そして、いま、窓の外では、死んだ猫を弔う若い男の丸まった背中が泣いている。

——自分の心に耳を傾けて、その感情に素直に従って生きてさえいれば、死ぬときも、きっと晴れやかな気持ちでいられるよって教えてくれたの。

カッキーの言葉。

——せっかく生まれたからには遊ばなきゃ損だと思うわけよ。やりたくないことばかりやっているうちに人生が終わっちゃうなんて、絶対に嫌じゃん？

小沼の言葉。

それぞれの想いと、それぞれの人生。

「水曜日、か……」

ぼそっとかすれ声でつぶやいたとき、なぜだろう、ぼくは、ふと、書いてみようと思ったのだった。

ぼくの人生で、たった一度しか味わうことのできない、今日という水曜日の手紙を。自分の心に嘘をつかず、本当の想いだけを言葉にして吐き出してみよう。そうすれば、毛羽立ったぼくの内側も、少しは整ってくるのではないか。そんな気がしたのだ。

さっそくホームページを熟読し、プリンターで公式の便箋を出力した。使い慣れたボールペンを手にして《はじめまして》と書き出してみたら、子供の頃から作文が何より苦手だったはずのぼくの筆が、不思議とさらさら動き出すのだった。

《ぼくは絵本作家を夢見ていながら、会社をずっと辞められずにいるサラリーマンです。いまは水曜日の夜で、お酒を少し飲んでいます。外では、同じアパートの一階の住人が、庭に小さな穴を掘って飼い猫のお墓を作っています。その様子を眺めていたら、ふと「死」について考えてしまいました。それと同時に「生」についても。たった一度きりの人生、死ぬときに後悔しないためにはどうしたらいいのか、と――》

ぼくは、心のままに、嘘偽りなく、悲しいことも、悔しい思いも、納得できない現実も、すべてさらけ出そうと思いながら、稚拙な文章を綴《つづ》っていった。誰かに思いを伝えたい、というよりも、ずっと胸に秘めていた思いを便箋に叩《たた》きつける、という感覚の方が近いかも知れない。もしかすると、カタルシスを求めていたのかも知れないし、ひとり悦に入っていただけかも知れない。

それでも、ぼくはとにかく書いた。

心のなかに無数に散在する「もやもや」をひとつひとつつまみあげては、それを文字という目に見えるカタチに換えていく作業。書けば書くほど、ぼくは、ぼくという人間の本音を知っていくような、変な感覚を味わっている気がした。

文章を書き、バーボンを飲み、そしてまた筆を走らせては、アルコールで喉を焼く。ボールペンで書いているから、間違えた文字はぐしゃぐしゃと上から塗りつぶした。ちょっと失礼かな、とも思ったけれど、この殴り書き的な感じが、むしろいまのぼくの有り様なのだと思い直して、そのままさらに書き続けた。

本当は絵本作家になりたいこと。イラストレーターの友人が妬《ねた》ましいこと。それなのに、自分は会社を辞める勇気が持てないでいること。しかも、その理由に「婚約」

を挙げることで、臆病な自分を正当化していること。

そんな自分が嫌いなこと――。

書いているうちに、胸の奥から熱っぽい悔しさがこみ上げてきて、ぼくは、その熱を冷ますために、ごくり、ごくり、とロックのバーボンを飲み込んだ。そして、アルコールの熱さを燃料にして、さらに便箋にまっすぐな言葉をぶつけていく。

この便箋の上でだけは、ぼくは自分に嘘をつかない。

絶対に。

カッキーが教えてくれた言葉も、小沼の言葉も書き連ねた。

そして、最後にこう書いた。

《もう逃げません。ぼくは、ぼくの心に嘘をつきたくない。絵本作家になるために、勇気を出して（遊び心を持って）今日という水曜日から一歩、前へと進みはじめます。たった一度きりの人生、死ぬときに後悔しないために》

すべてを書き終えたぼくは、文章の末尾の近くにさらさらと五センチ四方ほどの線画を描いた。殴り描きにしては、なかなかよく描けたと思う。

そして、便箋を折りたたみ、封筒に入れた。

あえて文章を読み返すことはしなかった。読み返したらきっとぼくは「頭」で考えて、こつこつと推敲《すいこう》をしてしまいそうだったから。

封筒に封をして、水曜日郵便局の宛先を書いた。

ノートパソコンを閉じると、無意識に「ふう……」と息を吐いていた。

気分は、悪くない。

ぼくの描いた灯台くらいの、まあまあな気分だ。

カタルシスを味わえるほどではないけれど、胸のなかの「思い」を出し切った後の、心地よい疲労感はあった。

ぼくは立ち上がり、窓辺へと向かった。

そっと窓を開けて、ベランダに出てみる。

手すりから顔を出して階下の小さな庭を見下ろすと、猫の死体が埋められた場所だけ、土がこんもりと盛り上がっていた。土饅頭《どまんじゅう》というやつだ。そして、そのてっぺんに、コッペパンのようなカタチをした白っぽい石がのせられていた。

墓らしい墓になったね——。

誰もいない小さな墓に向かって、ぼくは一瞬だけ手を合わせた。

夜に書いたラブレターは、朝、必ず読み返した方がいいと言うけれど、まさに昨夜ぼくが書いた水曜日の手紙は、それと同様、ナルシシズム全開の、とても恥ずかしい手紙になっているはずだった。

それでも、とりあえずその封筒をビジネスカバンに入れて、ぼくはいつもの時間に部屋を出た。

見上げた朝の空は、すっきり晴れ渡っていた。

レモン色の新鮮な陽光が二日酔いぎみの目にまぶしい。

この軽い頭痛は自業自得だと言い聞かせながら、いつもの電車に間に合うよう、歩幅を広くして歩道を歩いた。

昨夜は——、自分なりにいろいろ考え、そして、見知らぬ誰かに手紙を書いてみた。そうすることで、わけもなく、何かが変わりそうな予感がしていたし、不思議なくらいに気持ちが昂揚《こうよう》していたのだ。ところが、たった一晩、寝て起きてみれば、何のことはない、ぼくの前にはふたたびいつもの「現実」が展開しているのだった。当たり前だけど、これまでと何も変わらない朝をぼくは生きていた。

歩きながら、暑苦しいネクタイをゆるめた。

少し先の歩行者用信号が青になったのが見えて、駆け足で渡り切る。

「ふう……」

と息を吐いて、また歩く。

ふと、薄闇のなかで猫の墓を掘っていた男の、悲しげに丸まった背中を思い出した。

あれは夢だったのではないか？

清々しい朝日を浴びているいまは、そんな気さえしてくる。

ぼくの目の前に展開している、いつもの現実。

通勤の車でごった返す交差点。駅に近づくほど増えていく同じ格好をした人たちの群れ。タブレットや資料がぎっしり入ったビジネスカバンの重さ。つま先に傷がついてしまった革靴のフィット感……、どれもこれも、いつもと何ら変わらない。

これが現実ってやつだよな——。

胸裏でつぶやいてみたけれど、なぜだろう、その現実を昨日ほど悪いものには感じていない自分がいる気がした。

これは、手紙を書いた効果だろうか？

ちらりと考えてみたけれど、答えは出ない。

それにしても、夜中に手紙を書いていたときの、あの昂《たかぶ》った気分は、いったい何だったのだろう？　手紙を書くなどというエネルギーは、どこから湧いて出たのか？

あれこれ思いを巡らせながら歩いていると、遠くに最寄りの駅が見えてきた。

駅前には、郵便ポストがある。

この手紙を出すべきか。

あるいは、自宅に持ち帰って破棄するか。

決め兼ねていると、ふいに背広の胸ポケットのスマートフォンが振動した。

朝っぱらから、誰だ？

ポケットからスマートフォンを抜き出し、画面を見ると、ぼくの頬が少し緩んだ気がした。

カッキーからのメールだったのだ。

《ヒロくん、おはよう。昨日までつぼみだったタンポポが、今朝、にっこり笑って咲いていました。お店の前のアスファルトの隙間に根を張っているがんばり屋さんです。今日も、お互いにっこり笑顔で、お仕事がんばろうね》

メールには、タンポポの写真が添付されていた。

朝の陽光を斜めから浴びたタンポポは、なるほど、にっこり笑って咲いていた。

最近、カッキーの写真の腕が上がってきたのは、撮影技術の向上だけではなく、むしろ、こういう素敵な感性を写真に込められるようになったからだろうな――。

ぼくはそう確信しながらメールの返事を書いて送信した。

《おはよう。可愛いタンポポに励まされたよ。しあわせのおすそ分け、ありがとう。今日もがんばるぜ！》

カッキーには、ぼくにはない能力がある。それは、一見、退屈で、なんの代わり映えもしないような日々のなかから「小さなしあわせ」を見つけ出し、それを丁寧に味わうという能力だ。しかも、そのしあわせを誰かと分け合おうとする天然のやさしさも兼ね備えている。

『目に見えるモノを誰かと分け合えば、自分の分は減ってしまう。でも、目に見えないモノ——たとえば、やさしさやしあわせは、誰かに分ければ分けるほど増えていき、しかも、自分の分は減らない。いや、むしろ増えさえする』

以前、読んだ本のなかに、そんな感じの一節があったのを思い出した。

ぼくの心は、カッキーからのやさしいおすそ分け——たった一通のメール——で、朝からほっこりとしていた。

ふと気づけば、ぼくは駅前を歩いていた。

いつものようにスーツの群れに飲み込まれていく。

でも、今朝は、その群れからはみ出した。道端のポストの前で足を止めたのだ。

あらためて自分に問いかける。

いま、ぼくにとって大事なものは、なんだ？

頭ではなく、心のなかに、しっかりと答えがあった。

ぼくをしあわせにしてくれて、ぼくがしあわせにしたいと願っている女性。そして、その人と歩んでいく未来だ。

ビジネスカバンのなかから、あの恥ずかしい手紙を取り出した。封筒は薄っぺらいけれど、そのなかには、もうひとつのぼくの未来が込められている気がした。

それは、頭ではなく、ちゃんと心で描いた未来だ。

そっちの未来も悪くはないけれど、やっぱりぼくは現実の未来を選択するよ——。

バイバイ。

胸のなかでつぶやいて、手にしていた封筒をポストに投函《とうかん》した。

そして、ぼくは、ふたたびスーツの群れのなかに飲み込まれていった。

今日も一日、ぼくの土俵で闘うために。

# 3章　光井健二郎の蛇足

初夏の雨は、夜のうちにあがっていた。

今朝は、透き通ったレモン色の朝日が、濡《ぬ》れたアスファルトをきらめかせている。

私は、おひさまのぬくもりを背中に感じながら、えっちらおっちらと錆《さび》の浮いた自転車を漕《こ》いでいた。

人家のまばらな住宅地を抜けて海沿いの道に出ると、視界がパッと一気に開けた。

鏡のように凪《な》いだ入江と、水色の空。

明るい緑に覆われた対岸の低い山々。

かすかに風が吹いて、ひらり、ひらり、と水面が揺れる。その光がまぶしくて、私は少し目を細める。

やがて、ゆるい上り坂にさしかかった。

立ち漕ぎは、しない。

現役で漁師をやっていた数年前と比べると、ペダルを踏みしめる脚力はずいぶんと衰えてしまった気がするが、それでも、初夏の南風が襟元を撫《な》で、小鳥たちの囀《さえず》りが耳をくすぐれば、私の頰は自然とゆるんでくる。

しばらく続いた海沿いの道を右折し、杉林のなかへと延びる小径《こみち》に入った。

視界が狭くなり、見上げた空も細長くなる。自転車はガタガタと音を立てはじめた。アスファルトの舗装が途切れて、砂利道になったのだ。

さらに、そのまましばらくペダルを漕ぎ続けると、小径の正面に、ぽつんと小さなトンネルの入り口が見えてくる。

トンネル——といっても、それは土や岩がむき出しになった、いわゆる「素掘り」で、むしろ「洞窟《どうくつ》」と言いたくなる穴だ。もちろん照明などは付いていないから、なかは真っ暗で、しかも、ゆるやかにカーブしているせいで、入り口からは出口の明かりが見えない。幅員は狭く、軽自動車がやっと通れる程度。地面には所々に凹《へこ》みがあり、慎重に歩かないと足を取られることもある。

私は、そのトンネルの入り口でブレーキをかけ、いつものように自転車から降りた。乾電池式のライトを点灯させ、窪《くぼ》みに足を取られないよう注意しながら自転車を押し、暗闇のなかへと歩き出す。

ひんやりと湿った空気。

さく、さく、さく……。

と、静謐《せいひつ》の闇にこだまする自分の足音が、やけに大きく聞こえる。

このトンネルは、なんだか不思議だ。私たちが暮らしている「日常」と、もうひとつ別の「記憶のなかの懐かしい日々」とをつなぐ漆黒のゲートのような──、そんな雰囲気を漂わせる空間なのだ。

今年、五十三歳を迎えた私のようなオッサンが口にするのは少しばかり気恥ずかしくもあるが、時代に捨て置かれたような素掘りのトンネルは、私にとって、ある種「ロマンチック」な場所なのだと思う。

暗闇の全長は七〇メートルほどだろうか。

半分を過ぎたあたりから、小さな出口の明かりがぽつんと見えてくる。私はその真っ白な光に導かれるように、一定の速度で闇のなかを歩き続ける。

出口の明かりの向こうから、かすかなさざ波の音が届く。耳心地のいいその音は、昔日《せきじつ》の夢のなかで聞いていたような、とても遠い音だ。

やがて、私はトンネルを抜けた。

とたんに、レモン色の透明な朝日に包まれ、さざ波もクリアで現実的な音に変わる。

私の前に広がったまぶしい風景は、小さな、小さな、鄙《ひな》びた港だ。港といっても、コンクリートの岸壁は崩れかけ、ビット（係船柱）もすっかり錆びついている。誰にも使われなくなって久しいこの港には、小舟ひとつ浮かんでおらず、ただ、静かな風が水面《みなも》をすうっと吹き渡っているだけだ。

さざ波の音は、港のすぐ脇にある猫の額ほどの砂浜から聞こえてくる。その砂浜には白茶けた貝殻が積み重なっていて、小波がそれを洗うときに、さわさわと優しい音色を奏でるのだ。

私は、トンネルを抜けた「こちら側」の光景を「懐かしい」と感じる。それは「淋《さび》しい」と、とてもよく似た種類の「懐かしい」で、いつも胸の奥にかすかな痛みを生じさせる。でも、決して嫌いにはなれない。

自転車を押しながらレモン色の朝の空気をゆっくり深呼吸したら、港の上を一羽のカモメが通り過ぎていった。

トンネルを出てすぐ左手には、港で唯一の建物がある。

かつて漁師小屋だったものをリフォームした白い平屋だ。もともとが「小屋」だから、とてもちんまりしていて、鄙びた港の風景の隅っこに、ひっそりと溶け込んでいる。

その建物の入り口に掛けられた木製の看板には、筆文字でこう書かれている。

鮫ヶ浦水曜日郵便局――。

ここが、いまの私の職場だ。

私は建物の脇に自転車を停め、鄙びた小さな港を眺め渡した。

港の向こう岸には、緑に覆われた岬が沖へと突き出していて、先端には白い小さな灯台が立っている。しかし、その灯台はすでに役目を終え、夜になっても明かりを灯《とも》すことはない。

あの灯台は、いったい何を想いながら、毎日、海を眺めているのだろう――。

意味のないことをふと憶《おも》った私は、ひとつ小さなため息をこぼすと、ズボンのポケットから職場の鍵《かぎ》を取り出した。


〜〜


いつものように職場に一番乗りした私は、「水曜日郵便局」宛てに全国から届けられた手紙の束を作業デスクの上にドサッと置いた。毎日、「本物の郵便局員」が赤いバイクに乗って素掘りのトンネルをくぐり、この寂れた港まで届けてくれるのである。

私たち「局員」の仕事は、これらの手紙すべてに目を通し、公序良俗に反する内容がないか、子供に送っても大丈夫か、個人情報は記されていないか、などの項目をチェックしたあと、その手紙をシャッフルして別の誰かに宛てて発送することだ。

もっと細かく言えば、すべての手紙にナンバリングしたり、都道府県別に分類したり、文面をスキャンしてデータベースに残したり、宛先をパソコンに入力してプリントアウトし、それを封筒に貼り付けたり……と、さまざまな雑務がある。そして、これらの仕事を局員みんなで手分けして作業するのだ。

この事務所に常駐し、「専業」として働いているのは、私を含め、地元で採用された三名のみで、残り数名の局員たちは「水曜日郵便局」を企画した事務局の人だったり、その友人知人だったりする。彼らの多くは二十代から三十代の若手で、つまりはボランティアのスタッフだ。週に三度ほど顔を出す人もいれば、十日に一度くらいしか顔を出さない人もいる。

ちなみに地元で採用された私たち「常駐三人組」は、そろって五十代という高齢だ。運営費やスタッフの報酬は、地元企業からの協賛、クラウドファンディング、寄付、公式グッズの売り上げ等によって賄われている。もちろん、私たちの年齢を考えれば、一般的には満足な報酬額とは言えないだろう。それでも、震災による津波で「日常」を失い、慣れない職を転々としてきた私にとっては、仕事があるだけでもありがたいし、そもそも私はこの仕事をとても気に入っている。

気に入った理由は、いたってシンプルだ。

毎日、見知らぬ誰かのささやかな「水曜日」と出会い続けていることで、「ふつうに生きていること」が、とてもいとおしく思えてくるからだ。

「さてと……」

私は、窓辺にある自分のデスクに着いてパソコンを立ち上げた。メールをチェックしたり、家から持ってきた缶コーヒーを飲んだりしながら、徐々に気持ちを仕事モードに切り替えていく。

ふと顔を上げれば、窓の向こうに鄙びた港と明かりの灯らない灯台が見える。いつでも海を眺められるという環境は、私がこの仕事を選んだ大きな理由のひとつでもある。

ちんまりとしたこの港の正式名称は「旧鮫ヶ浦漁港」という。日本三景のひとつとして知られる松島《まつしま》湾の外海側に位置していて、戦時中には軍用基地として使われていたらしい。

私は、少しのあいだ、凪いだ海を見詰めていた。

朝日に照らされたまぶしい海原。

あの澄んだ冷たい海水のなかに、いまも——。

心が遠くへ飛びかけたとき、ガチャ、と音を立てて玄関のドアが開いた。

「おう、健《けん》さん、相変わらず早いね」

威勢良く事務所に入ってきたのは、谷中邦夫《やなかくにお》さんだった。

「おはようございまーす」

彼の奥さんの瞳《ひとみ》さんも続いて入ってきた。

谷中夫妻は、昔から仲よくしてもらっているご近所さんだ。しかも、谷中家の一人娘の千晶《ちあき》ちゃんと、うちの一人娘の里穂《りほ》は幼馴染《おさななじみ》で、いまも仲のいい同級生として同じ高校に通っている。いわゆる「家族ぐるみのお付き合い」というやつだ。仕事を探していた私に、「局員を募集してるから、よかったら一緒に働かない？」と水曜日郵便局を紹介してくれたのも、この夫妻だった。

つまり、地元採用の「常駐三人組」とは、私と谷中夫妻のことなのだ。

「おはようさん」

にこやかな二人に、私も笑顔で応《こた》えた。

「今日も、けっこう届いてるなぁ」

邦夫さんが全国から届いた封筒の束を見て腕を組んだ。

「最近、どんどん増えてるよね」

瞳さんが嬉《うれ》しいような、困ったような、複雑な顔をした。人気が出るのはいいが、仕事量が増えれば、それはそれで局員は大変なのだ。

「やっぱり現代人ってのはよ、みんな淋しいんじゃねえの？」

邦夫さんは、そう言いながら封筒を束ねてある輪ゴムを外しはじめた。

「まあ、そうかもねぇ」

と、瞳さんも作業を手伝いはじめる。

みんな、淋しいのか――。

私は、窓越しに海原をチラリと見遣《みや》って立ち上がった。そして、口角に小さな笑みをためつつ、谷中夫妻のいる作業デスクへと歩み寄っていく。

「んじゃ、今日も頑張ってやっか」

私が言うと、気のいい谷中夫妻が、にっこりと笑みを浮かべてくれる。

封筒の開封作業に入ると、さっそく瞳さんが「あ、そういえばさ」としゃべりはじめた。「里穂ちゃん、高校を卒業したら東京に行きたいんだって？」

「え……」

うちの里穂が？

寝耳に水だった。返事に窮していると、邦夫さんが眉《まゆ》をハの字にしながら言った。

「でもよ、さすがにひとりぼっちは淋しいよなぁ」

「淋しいって……、里穂が？」

と、私。

「は？　違うよ、健さんだよ。淋しいのは、出て行く方じゃなくて、残された方だろうが」

確かに……、そう言われてみれば、もっともだが、そもそもどうして里穂は――。

動揺を悟られぬよう、そっと深呼吸をしたとき、

「あ……」

私の口から短い言葉がこぼれていた。

「ん、どした？」

と顔を上げてこちらを見る邦夫さん。

「いや、ちょっと、紙で――」

私は人差し指を立てて、邦夫さんに見せた。

「切ったか」

黙って頷《うなず》いた。

うっかり便箋《びんせん》の縁《へり》で爪の付け根あたりを切ってしまったのだ。薄い皮膚の切れ目から、ぷっくりと血が膨らんできた。

小さなドーム形に盛り上がった血は、なんとなく、てんとう虫を彷彿《ほうふつ》とさせた。

「あらら。絆創膏《ばんそうこう》は、どこだっけね」

瞳さんが事務所のなかをうろうろしはじめた。

「大丈夫だよ。すぐに血は止まるから」

私は苦笑しながら、手近にあったティッシュで傷口を押さえた。白いティッシュの

一点に、小さな赤い染みが浮いた。ティッシュを離すと、また、ぷっくりとてんとう虫のような、小さな血のドームが膨らんでくる。

レディーバグ。

幸せを呼ぶ虫――。

ぼんやりとそんなことを思ったら、胸の奥がチクリと痛んで、私は窓の外の海原に目を向けた。

〜〜

一日の仕事を終えて帰宅すると、玄関に入るなり醬油《しょうゆ》の甘辛いような匂いが鼻をくすぐった。

「ただいま」

声をかけながら台所へと向かう。

「あ、おかえり」

高校の制服の上からオレンジ色のエプロンをかけた里穂がこちらを振り向いた。黒髪のポニーテールが元気よく跳ねる。

「ずいぶんと、いい匂いだなぁ」

里穂は、切れ長のタレ目を細めるように微笑んだ。

「何を作ってるんだ？」

「煮豚。せっかく圧力鍋《なべ》があるから、使ってみようと思って」

「煮豚か。いいねぇ」

「お酒のおつまみにもなるでしょ？」

「うん、なるよ」

二人暮らしの里穂と私は、毎日、交代で夕飯を作ることになっている。里穂が当番の日は、私の好物であるカレイの煮付けを作ってくれることが多い。亡き妻の早織《さおり》に似て、里穂は思いやりのある子なのだ。

「お父さん、お風呂《ふろ》掃除お願いしてもいい？」

「オッケー」

と答えた私は、風呂場に向かう前に台所のとなりの居間に入り、茶簞笥《ちゃだんす》の上にある小さな仏壇に線香をたむけた。

早織の遺影は、いつもと変わらず、少しまぶしそうな笑顔で私を見つめ返してくる。

軽く両手を合わせ、心のなかで「ただいま」を告げた。

早織は、震災の津波に飲まれて逝った。

遺体は見つかっていない。

正直、もう見つかるとは思えないし、捜索を願う気持ちもすっかり薄れていた。

早織の墓は、海なのだ。

あの広い海のどこにでも、早織は、いてくれる――。

何度も、何度も、自分にそう言い聞かせているうちに、私は自分自身を騙《だま》すことに成功したように思う。

あの日、どす黒い津波がさらっていったのは、早織だけではなかった。漁師だった私の漁船とホヤの養殖棚までも、根こそぎ持っていかれた。残されたのは、床上浸水して泥だらけになった家と、寒さと恐怖に震える小学五年生の里穂だけだった。同じ漁協の組合員だった谷中家もまた、漁船と養殖棚を失い、家が水浸しになり、途方に暮れていた。

被災後、新たに漁船と養殖棚を買うほどの財力を持ち合わせていなかった私たち二家族は、ともに漁師を廃業し、助け合いながら職を転々とした。そして、いま、不思議なトンネルの向こうにある「水曜日郵便局」で、ときどきぼうっと海を眺めたりしながら、一緒に仕事をしているのだ。

今日は、穏やかで、よく光る海だったな……。

事務所の窓越しに見ていた昼間の海を思い出し、私は小さくため息をついた。

そして、仏壇の脇にある早織の遺影を見つめる。

なあ早織、里穂は東京に出たいらしいぞ。俺には言わないけど、夢があるんだってよ——。

胸の裡《うち》でつぶやいたら、なぜだかふっと頬が緩んでいた。早織のまぶしそうな笑みが、こちらに伝染したような気がする。

さてと、と私は踵《きびす》を返して風呂場に向かった。そして、なんとなく、いつもより丁寧に湯船を洗った。


里穂が作ってくれた煮豚は、舌の上でほろほろと崩れるほどにやわらかく、味付けもよかった。

「これ、コーラで煮たんだよ」

「コーラって、あの、飲むコーラか？」

「そう。炭酸が肉をやわらかくしてくれるの。しかも、圧力鍋を使ったからね」

「ダブルの効果ってやつだな」

「あはは。それ、なんか、洗濯洗剤のコマーシャルで言いそうな台詞《せりふ》」

「たしかに。飯が不味《まず》くなるな」

「口のなかが泡立ちそう」

「おい、本当に不味くなるだろ」

「あははは」

父娘《おやこ》二人の食卓は、いつだって平和で、ありふれた家庭の空気が流れている。でも、ふとした瞬間に「二人ぼっち」という感覚に包まれて、天井がやけに高く感じてしまうことがある。

おしゃべりな里穂は、冗談をよく口にするし、私もそれにしっかりと応えているつもりだ。食事もたいていは美味《おい》しくて、たまに不味くても、それをネタに笑い合える関係は築けている。後片付けも一緒にやることになっている。

それでも、この食卓には足りないものがある。

そして、その足りないものに、私たちがあえて触れずにいることが、天井を高く感じさせる理由なのだということも知っている。

「あれ？」

昆布の佃煮《つくだに》に箸《はし》を伸ばしかけた里穂が、ふいに小首をかしげた。

「ん？」

「お父さん、指、どうしたの？」

「ああ、これな。仕事中に紙で切っちまって」

私は絆創膏を巻いた自分の指を見た。

「痛いんだよねぇ、紙で切ると。わたしも教科書とかノートでよくやるけど」

「しばらくは、じんじんしてたな」

「ぷっくり出てくる血が、なかなか止まらないんだよね」

「うん。膨らんできた血が、ちっこいドーム形になって、てんとう虫みたいだったよ」

今朝の痛みを思い出しながら言った。

「てんとう虫？」

「ああ、サイズがそれくらいでな」

「てんとう虫なら、不幸中の幸いだね」

そう言って、里穂は意味ありげに微笑んだ。

私は、もしや、と思い、黙って里穂の次の台詞を待った。

「身体のどこかにてんとう虫がとまると、いいことが起きるっていうよね」

「そうらしいな」

「英語で、てんとう虫を何ていうか知ってる？」

「レディーバグ」

「あ、知ってるんだ」

「まあな」

「じゃあ、レディーバグのレディーって、どういう意味？」

「レディーの意味か——。ええと……」

何だったかな？

私は人差し指でこめかみを突つきながら首をひねった。

「正解、知りたい？」

にこにこ顔の里穂が、私の目を覗《のぞ》き込みながら言った。

「うん、降参だ」

「じゃあ正解を言います。レディーはね、聖母マリア様のことなんだよ」

「あ、そうだった」

と、私は膝《ひざ》を打った。

「思い出した？」

「うん、思い出したよ」

「マリア様だから『縁起物』ってことで、てんとう虫は幸せを呼ぶ虫とされているの」

「里穂、よく知ってるな」

まぶしいものでも見るように里穂を見て、私は少しかすれた声を出した。

「昔、お母さんが教えてくれたんだけどね」

食卓に足りないもの、に里穂が触れた。

「そうか」

「うん」

「早織が」

「うん……」

「そういえば俺も、その話、教えてもらったことがある気がするな。たしか、まだ結婚する前だったと思うけど」

「お母さんって、そういう自然科学系の雑学に強い人だったよね」

「そうだな。草花とか、生き物とか、そういう類《たぐい》の本をよく読んでたよ」

私と里穂は、なんとなく仏壇の脇の遺影を見た。幸せそうに目を細めた早織が微笑みかけてくる。

その笑みに背中を押されたのだろうか、私は、帰宅してからずっと言うべきかどうか迷っていた台詞を口にした。

「そういえば、里穂」

「ん？」

「高校を出たら、東京に行きたいんだって？」

なるべく自然に、穏やかな声色で言ったつもりだ。

しかし、里穂は、ふいに表情を硬くした。

「え……」

「ん？」

「なんで、お父さんが知ってるの？」

「なんでって――」

私が答えを口にする前に、里穂が言葉をかぶせてきた。

「あっ、そっか。千晶だ」

「……………」

「お父さん、職場で瞳さんから聞いたんでしょ？」

「まあ、うん、そうだけど」

里穂は学校で千晶ちゃんに話したのだ。将来はアニメーションを作る仕事に就くのが夢で、そのために、東京にあるアニメの専門学校に入れたらいいな、と。そして、それを千晶ちゃんが家で瞳さんに話し、今日、瞳さんから私の耳に届けられた、というわけだった。

「千晶って、ほんと、昔っからおしゃべりなんだから」

「いいじゃないか、別に。隠すことでもないんだし」

「てか、お父さん」

「ん?」

「瞳さんから、どこまで聞いてるの?」

「どこまでって……」

どこまで話すべきか考えたが、それこそ、隠しても仕方のないことだ。私は、瞳さんから聞いたことを、素直にそのまま話すことにした。

「まあ、ようするに、アレだろ? 里穂は、アニメを作る人になりたいんだろ?」

「…………」

里穂は何も答えず、ただ、じっと私を見つめていた。だから、私が逆に質問をした。

「東京のアニメの専門学校に行けば、その夢は叶《かな》いそうなのか?」

私の問いに答える前に、里穂は「はあ」とため息をこぼした。そして、手にしていた箸を置くと、きりっとした目で私を見て、こう言ったのだ。

「あのね、ただ学校に通えば叶うなんて、そんな簡単なことじゃないよ」

「そうか。まあ、たしかに――」

夢なんて、そう簡単に叶うものじゃないよな、と思って、私は返事に窮してしまった。それでも、ほんの少しでも、よかれ、と思ってこう続けた。

「お金のことなら、心配しなくていいからな」

すると里穂は、ふっと黙り込んでしまった。

私から視線を外したと思ったら、ふたたび箸を手にして煮豚を口に入れた。ほろほろと崩れる煮豚を咀嚼《そしやく》し、飲み込んだら、今度は味噌汁《みそしる》をすすり、さらにご飯を口にした。

食卓に、変に重たい沈黙が降りてしまった。

壁掛け時計の秒針の音が、チ、チ、チ……、と空間を漂いはじめる。

やれやれ、機嫌が悪くなったときに黙り込むのは、早織とそっくりだ。

私は、ため息をこらえながら、瞳さんから聞いた言葉を思い出していた。

学校で里穂は、千晶ちゃんにこうも言っていたらしい。「お父さんには迷惑かけたくないんだよね。それに、お父さんに言ったら、絶対に『東京に行きなさい』って言うに決まってるし」だそうだ。

私は、つとめて穏やかな声を出した。

「ちなみに、その専門学校のパンフレットとか、ないのか？」

「ないけど」

たった四文字の素っ気ない返事に、私は思わずフッと笑ってしまった。そして、私も箸を動かしはじめた。

「なに笑ってんの？」

里穂が怪訝《けげん》そうな目をして言う。

「いや、母娘《おやこ》でよく似てるなぁって思ってな」

「え？」

「不機嫌になったときの態度が、そっくりだ」

「…………」

困ったような顔をした娘は、いっそう早織と似ていた。

「あのな、たくさんってわけではないけど、一応、漁師をやってた頃の貯金はあるんだから。里穂は、里穂のやりたいようにすればいいんだって。お父さん、応援するから」

前半は嘘だが、後半は正直な気持ちだった。

しかし、さすがに高校生にもなると、こんなお粗末な嘘は通じないらしい。

「わたしは、お金のことは心配してないの――、なんて、言えると思う？」

「…………」

「千晶でさえ、私立大学は無理っぽいから国立大学を目指すって言ってるのに」

なるほど。谷中家は夫婦そろって働いているが、うちは私ひとり。ようするに里穂は、我が家の収入は谷中家の半分と読んだのだろう。情けないが、それは間違いではない。

「貯金は本当にあるし、もしも、それで足りなかったら、いくらか仕事を増やすか、転職したっていいんだし。本当に心配しなくていいんだけどな」

ふたたび、里穂が口を結んだ。
チ、チ、チ……、と壁掛け時計の秒針の音が食卓に降り積もる。
「嘘つき」

里穂の唇から、小さな声がぽろりと転がり出た。

「え？」

「転職なんて、したくないくせに」

「…………」

「お父さん、いまの職場がすごく気に入ってるって、何度も言ってたよね？」

たしかに、以前、そんなことを言った覚えはある。

「まあ、それは、そうだけど」

だからといって、私は里穂の父親としての仕事を放擲《ほうてき》しようなどとは思わない。理屈ではなく、それが父親ってものだと思う。

「あのなぁ、父親が娘の夢を応援したいって言って、なにが悪いんだ？」

「悪くはないよ」

「じゃあ、なにが問題なんだよ」

すると里穂は「はあ……」と、これ見よがしに嘆息してみせた。そして、ポツリと言ったのだ。

「重たいの」

「………」

「お父さんに、自分の人生を犠牲にしてまで尽くされると、こっちは逆に重たく感じちゃうんだよね」

おいおい、その台詞こそ重たいぞ——。

私は、胃のあたりがぐっと重くなった気がして、次の言葉が出なくなっていた。

「だから、とりあえず、東京行きの話は、忘れていいから」

「忘れてって……、里穂の夢なんだろ？」

「べつに」

三文字で嘘をついて、里穂はまた箸を動かしはじめた。

その嘘は、私を少しばかりイラつかせた。

「じゃあ、里穂は、なんで千晶ちゃんに——」

「それは」と言葉をかぶせた里穂の眉間《みけん》には、珍しくシワがよっていた。「うっかり、軽い気持ちで言ってみただけっていうか……、思い付きっていうの？　そういうこと、誰にだってあるでしょ？　それに——」

「それに、なんだよ？」

私まで心のコントロールを失いかけて、少しつっけんどんな言い方になってしまった。

「わたしにだって、いろいろあるんだよ」

「その、いろいろって、なんだ？」

「だから、いろいろって言うのは——」と、前のめりになった里穂は、言いかけていた言葉を飲み込むように口を閉じた。そして、ひとつ呼吸を整えてから、あらためて不満げに口を開いたのだった。

「お金のことだけじゃなくて。わたしにだって、思うことはあるの。人に言いたくないようなことだって、たくさんあるの。人間なんだから、そういうものでしょ？」

里穂が、お金のこと以外で思うこと……。

ふと私は、邦夫さんの日焼けした顔を思い出した。

さすがにひとりぼっちは淋しいよなぁ——。

邦夫さんは、そう言っていた。しかも、淋しくなるのは残された者だと。

「里穂」

「……なに？」

かなり真剣に不服そうな顔をしている娘を見たら、「お父さんは、べつに淋しくないからな」などと軽々しい嘘は言えなくなってしまった。だから、つい話をそらしてしまったのだ。

「明日、学校で、千晶ちゃんに、あんまり怒るなよ」

「え、なにそれ？」

「……なにそれって、そういうことだよ」

「べつに怒らないよ。ただ、呆《あき》れてるだけ。っていうか、わたしいまだって怒ってないし」

充分に怒ってるだろう——、とは言わず、「だったらいいけど」と言って、私も煮豚を口に入れた。そして、この険悪な空気を少しでも薄めようと思い、「やっぱり、美味《うま》いな、これ」などと、見え透いたご機嫌とりをしてみた。

しかし、里穂はそれには答えず「ごちそうさま」と仏頂面で言って、自分の食べた食器だけ台所に持っていくと、そのまま階段を上がって二階の自室に入ってしまった。

バタン、と音を立てて閉じられたドア。

その音を聞きながら、私はこらえていたため息を盛大に漏らした。

「はあ……」

いったい何なんだ、この展開は。

そもそも俺、そんなに悪いことを言ったか——。

心でぼやきつつも、どこかすがるような思いで早織の遺影を見てしまった。

物言わぬ早織の笑みを眺めていたら、里穂と二人暮らしになってからの日々が、ぐるぐると脳裏を巡りはじめた。悲しみながら焦り、戸惑いながら身を粉にし、路頭に迷いながら不安と闘う、そんな灰色で怒濤《どとう》の日々だった。

しかし、その一方では、初夏のお日様のような里穂の笑顔に元気をもらい、淋しげな泣き顔を見ては勇気を奮い立たせ、穏やかな寝顔を眺めながら声を殺して泣いたこともある。

私は、里穂の存在とその成長を生き甲斐《がい》にすることで、なんとかここまで踏ん張ってこられたような気もする。

親父の生き甲斐になんてされたら、それこそ重たいって言われるよな——。

そう思うと、またため息が出てしまう。

正直、里穂には、多感な少女時代にたくさんの我慢を強いてしまったと思う。なにしろ里穂は、いい子すぎるのだ。食事の当番も、その他もろもろの家事の分担も、里穂の方から申し出て、私を助けようとしてくれたのだった。

そんな「いい子」に将来の夢があると知りながら、応援をせずにいられる父親が、いったいどこにいるというのだ。

まあ、でも……。

「重たい親父は、たしかに嫌だよな……」

早織の遺影に向かって、私は力なくつぶやいた。

〜〜


翌朝も、食卓の空気はぎくしゃくしていた。

こちらが何か話しかけても、里穂は必要最低限の言葉しか返してこないのだ。

「いつまで怒ってるんだよ。ちょっとしつこいぞ」

と、たしなめても、

「は？　わたし、怒ってないけど？」

と、むしろ不機嫌な顔で返されてしまった。

そんな状況下であっても、私たち父娘はいつものように肩を並べて台所に立った。

私は二人分の弁当を作り、里穂は二人分の朝食を作る。そして、いつも通り、食卓で向かい合ってご飯を食べた。

食事を終えると、里穂は制服に着替え、鞄《かばん》を肩にかけて玄関へと向かった。

私も、その後を付いていく。

そして、いつもの朝と同じように、背中を丸めて靴を履いている娘に言葉をかけた。

「今日も、楽しくな」

生前の早織が、毎朝、里穂にかけていた「今日も楽しくね」という台詞を、私がそのまま引き継いだのだ。

いつもなら里穂は「うん、いってきます」と、こちらを振り返って笑顔を見せてから家を出ていくのだが、今日はさすがに違った。

蚊の鳴くような小声で「……きます」とだけ言って、さっさと玄関のドアを開けて出ていってしまったのだ。

思わず、その背中に「学校で千晶ちゃんを責めるなよ――」と言いそうになったけれど、その台詞はぐっと飲み込んだ。さすがに、これ以上「重たい父親」にはなりたくない。それに、悪気のない幼馴染を本気で責めるような娘ではないはずだ、という里穂への信頼もある。

パタンと閉められた玄関のドア。

その向こうから、里穂が遠ざかっていく足音がかすかに聞こえてくる。

なかなか機嫌が直らないところまで、早織と似ちまったなぁ。

「ふう……」

湿っぽいため息をこぼして、私は出勤の準備に取り掛かった。

里穂とはぎくしゃくしていたけれど、素掘りのトンネルをくぐり抜けた向こう側の世界には、いつもどおりの平和な海風が吹いていた。

しかも今日は、谷中夫妻と私の他に、朝から学生ボランティアのスタッフが来ていた。明朗快活で、とても賢そうな青年たちは、どちらも石巻《いしのまき》に住んでいるという。

この若い助《すけ》っ人《と》たちのおかげで、仕事はさくさくと順調に進んでいった。

午前十一時を回り、窓の向こうの海に深い青みがさしはじめた頃、私は、いちばん好きな仕事、つまり手紙に書かれた内容のチェックに没頭していた。

すると、邦夫さんに声をかけられた。

「健さん、ずいぶん真剣に読んでるみたいだけど、それ、いい手紙なの？」

「え？　あ、うん。なんだか、ずいぶんと熱のこもった、前向きな手紙なんだよ」

「ほう。どんな？」

「ざっくり言うと、絵本作家になるっていう夢を叶えたいから、勇気を出して一歩を踏み出すぞっていう、『宣言』みたいな手紙だな」

そう言って私は、ふたたび便箋を見下ろした。

ボールペンで書かれた文字の列には、ある種の「勢い」があって、書き手の「熱」が行間から立ち上ってくるようだった。書き損じた箇所は消さずに、上からぐしゃぐしゃと塗りつぶされている。きっと、この書き手は、ほとばしる感情をまっすぐ便箋に叩《たた》きつけるようにして書いたのだろう。

文末には、五センチ四方ほどの灯台の絵が描かれていた。シンプルなタッチの線画だが、絵本作家を志望するだけあって、素人目にもかなり上手《うま》いことが分かる。しかも、この絵の灯台は「生きて」いた。しっかりと、光を放っているのだ。

私は、ふと、窓の外に視線を向け、明かりを灯さなくなって久しい灯台を見た。

あの灯台は、誰からも忘れられていくのだろうか――。

「すみません。その手紙、ちょっと、ぼくも読んでみたいんですけど、いいですか?」

学生のスタッフが声をかけてきた。

私は「もちろん」と頷いて便箋を手渡した。

彼は、しばらくのあいだ真剣な眼差《まなざ》しを文面に注いでいたが、読了後は「うーん」と首をひねりながら顔を上げた。

「どう思う?」

私は学生さんに感想を訊《き》いてみた。

「なんて言うか……、内容は、たしかにポジティヴなんですけど。でも、三十三歳にもなって、イラストレーターの友人を妬《ねた》んだり、夢だの何だのって現実味のないことを言ってるってことは——」

「ことは？」

「正直、この人、わりとイタい人なのかなぁ……っていう気もしちゃいますよね」

イタい人、か。

「なかなか手厳しいね」

私が言うと、学生さんは「いやぁ……」と苦笑した。

「あ、でも、この人の『想い』みたいなものは、伝わってきましたよ」

「うん。伝わってくるよね」

「この歳のわりに、素直に書いているから、ですかね？」

歳のわりに、素直に、か。

たしかに、そうかもな。

「ごめん。それ、もう一回、見せて」

私は便箋を返してもらい、あらためて年齢と名前の欄をチェックした。

名前は、今井洋輝《ひろき》さん。

年齢は、たしかに三十三歳とある。

「なあ、三十代なんてよ、まだまだこれからの年齢じゃねえのかよ？」

邦夫さんが眉をハの字にして言った。

「いやぁ、そうですかね？　真剣に夢を追うには、さすがにちょっと遅くないですか？」

もう一人の学生さんが、邦夫さんにそう言って苦笑した。

私たち五十代から見れば、三十三歳なんて、まだやり直しの利く「若者」だが、二十歳そこそこの学生さんからしてみれば、三十三歳はすでに「いい歳したオッサン」なのだろう。

つまり、これこそがジェネレーションギャップというやつなのだ。

とりあえず私は、そのギャップのあいだに入って、可もなく不可もないような意見を口にすることにした。

「まあ、三十三ってのは、微妙な年齢なんだろうな。でも、最後の方に『死ぬときに後悔しないために一歩を踏み出します』って書いてあるけど、これは、なかなかできることじゃないと思うよ。立派だと思うな」

「死ぬときに後悔しない、かぁ……」

邦夫さんが感慨深げに頷いたけれど、若い二人の学生は、あまりピンときていないようだった。

私は、ふと考えた。

この手紙を、いまの里穂が読んだら、はたしてどう感じるのだろう？

少なくとも、二人の学生さんとは違った受け取り方をするのではないか――。

そんな気がした。

なぜなら里穂は、物心ついてから母親の「死」を味わっているからだ。味わったからこそ、むしろ「生」の価値とその意味を深く考えているはずだし、文面にあった「死ぬときに後悔しないために」という言葉も、現実味を持って受け止められるのではなかろうか。


たった一度きりの人生を、どう生きるべきか――。

里穂は、その問いの大切さを痛いほど理解しているに違いない。そして、だからこそ、私は里穂の夢を応援してやりたいのかも知れない。たとえ、重たい親父と煙たがられたとしても。

〜〜


昼休み——。

私たち地元採用の三人は、作業デスクの上をいったん片付けて弁当を広げた。二人の学生さんたちは、レストランで人気のランチを食べると言って、車で市街地へと繰り出していった。

気心の知れた三人だけになると、私は、昨夜《ゆうべ》から里穂と少しぎくしゃくしていることを冗談めかして愚痴った。すると瞳さんが「そんなの気にしないで大丈夫だって」と笑いながらしゃべり出した。

「だって里穂ちゃん、健さんのこと大好きだもん」

「え？」

「この間、里穂ちゃんがうちに遊びに来たとき、こんなことを言ってたんだから」目《め》尻《じり》にシワを寄せた瞳さんが、いきなり里穂の口真似をしはじめた。「お父さんが夕食を作ってくれる日って、オムライスになる確率が高いんだよね」

この口真似は、なかなか似ていた。

「オムライスって言やあ、子供の頃から里穂ちゃんの大好物だもんなぁ」

邦夫さんが、懐かしそうな顔で言う。

「俺、そんなに作ったかなぁ……」

少し照れくさくなった私は、とぼけて首をひねってみせた。

「だって里穂ちゃん本人がそう言ってるんだから、そうなんでしょ」

瞳さんが、揶揄《やゆ》するように笑う。

このとき私の胸中には、むしろ里穂の方が、俺の好物を作ってくれる確率が高いんだよ――、という小さな反論があったのだが、あえて言葉にはしなかった。で、代わりに、こう言っておいた。

「まあ、俺自身も、オムライスは好物だし」

すると邦夫さんが口のなかにご飯を入れたまま笑い出した。

「あはは。健さんよぉ、そんなに照れることたねえだろ」

「別に、照れてるわけじゃ……」

「健さんとこは、昔っから、本当にいい父娘だよね。喧嘩《けんか》するのも仲良しの証拠だね」

瞳さんが、冗談めかしつつも、あっさりまとめてしまったので、もはや、私は言い返すこともしなかった。ただ、小さく苦笑しながら、邦夫さんの背後に見える窓を見ていた。四角いガラスの向こうには、切ないほどに青く澄んだ海がたゆたっている。

昼休みを終えて午後の仕事に入ると、ふたたび心を揺さぶられるような手紙と出会った。

今度は、夢を叶えようとする「熱い」手紙ではなく、すでに夢を叶えた人が書いた、やけにきらきらした手紙だった。

差出人の名前は、井村《いむら》直美さん。

年齢は、四十歳とある。

藍色《あいいろ》のインクの万年筆が使われ、女性らしくしなやかな達筆で便箋が埋められていた。

井村直美さんは、子供の頃からの夢だった「パン屋」で成功した人だった。最初につくった店舗での販売が堅調になると、移動販売もスタートさせ、そちらもみるみる大人気になったという。いまではお店の数も増え、ときどき雑誌の取材も受けているそうだ。日々、多くのお客さんに親しまれ、お店のスタッフとは仲がよく、そして、大好きな優しい家族からの理解も得られているという——まさに、人生の隅々にまで幸せが行き届いたような成功者だった。

ひとつひとつの藍色の文字から「感謝」が溢《あふ》れていて、便箋そのものにぬくもりが宿っていそうにさえ思える。

手紙の後半には、井村直美さんが見つけ出したという「幸福と成功を手に入れるための法則」が、いくつか箇条書きで書かれていた。

その部分を読んだ私は、思わず、なるほどなぁ……、と唸《うな》りそうになっていた。

そして、文末は、こう締めくくられていた。

《あなたと、あなたの周りの人たちの未来が最高にきらきらしたものでありますように。いつも笑顔でいられますように。あなたが、あなたらしくいられますように。わたしの水曜日を読んでくださって、どうもありがとうございました》

読み終えた私は、しばらくの間、便箋を手にしたまま窓の外を眺めていた。

青空を映して、音もなくたゆたう海原。

ひとりぼっちで立ち尽くす灯台。

その白亜の前を一羽のカモメが横切ったとき、私はふと思った。

夢を叶えた井村直美さんの手紙と、いま、まさに夢に向かって歩み出そうとしている今井洋輝さんの手紙を交換したらどうだろう……。きっと、お互いにとっていいはずだ。成功者の井村直美さんは、かつて夢を追いかけていた頃の日々を懐かしく振り返れるだろうし、挑戦者の今井洋輝さんは、一歩を踏み出す勇気をもらいつつ、成功の哲学まで学べるのだから。

私は椅子から立ち上がって、午前中に読んだ手紙の束のなかから、今井洋輝さんの手紙を探し出した。

「ん？　健さん、何やってんの？」

邦夫さんが、私を見て首をかしげた。

「ちょっとね、どうしても交換してあげたい手紙があってね」

「ふうん」

と言った邦夫さんも、他のスタッフたちも、とくに私の行動を気にする様子はなかった。

こういうことは、ままあるのだ。

もちろん、手紙はランダムにシャッフルして発送するのが基本だが、例えば、どうしても子供に読ませたくなるような夢のある手紙を、あえて子供宛てに送ろうとか、病気に悩む人と心のケアをする医者の手紙を交換してあげようとか、そういう良心に基づいた「粋《いき》な気配り」ともいえるルール違反に関しては、局員たちのあいだでは暗黙の了解となっているのだった。

私は、すぐに今井洋輝さんが書いた手紙を見つけ出した。そして、発送作業に入る前に、何食わぬ顔で、この二通の手紙のコピーを取った。

コピーは、二通とも、こっそり自分の鞄に忍ばせた。

すみません。ちょっとだけお借りします――。

と、胸裏でつぶやきながら。

当然だが、本来、手紙の持ち出しは禁止されている。でも、この二通の手紙だけは、どうしても……という切なる思いが、いつもは「クソまじめ」とも評される私を突き動かしたのだった。


～～


夕方、仕事を終えた私は、自転車で少し遠回りしてスーパーに立ち寄り、夕飯の買い物をした。

家に帰ると、すぐに台所に立つ。

今夜の夕食作りの当番は、私なのだ。

学校帰りに友達と遊んでいるのだろうか、里穂はまだ帰っていなかった。

私はスーパーの袋のなかから、買ったばかりのオムライスの材料を取り出した。いつもは決して選ばないような、茶色い殻をした高価な卵と、ケチャップ味のチャーハンの材料となる玉ねぎとベーコンだ。

里穂が大好きなこのオムライスは、早織を亡くしてすぐの頃、まだ料理のイロハも知らなかった私が最初に覚えたレシピだった。当初、ふわふわでトロトロな半熟の卵に仕上げられる確率は約五割だった。たいてい、一つ目は火を通しすぎて失敗し、二つ目のチャレンジで上手くいった。もちろん、里穂にはいつもふわトロの二つ目を食べさせた。

はじめて私が作ったオムライスを口にしたとき、まだ小学五年生だった里穂は、

「うわぁ、お口のなかで卵が溶けるみたい。美味しい！」

と目を丸くして喜んでくれた。

そして、そのとき浮かべた里穂の笑みは、早織を失って以来、おそらくはじめて私に見せてくれた「本物の笑み」だったのだ。

やっと、やっと……里穂が笑ってくれた！

幸せそうにオムライスを頬張る里穂の頭を撫でながら、私は、

「美味いか？　お父さんの分も食べていいからな」

と泣き笑いをしていたのだった。

その日から私は、まるで馬鹿の一つ覚えのようにオムライス作りに傾倒していった。失敗しても、めげずに何度も作り続けているうちに、成功の確率はどんどん上がっていき、いつしかふわトロに仕上げたオムライスは私の得意料理となったのだった。

それにしても――。

これまで私はいったい、いくつのオムライスを作ってきただろう。そして、スプーン片手に「美味しい！」と笑ってくれる里穂の存在に、どれほど救われてきただろうか。

脳裏に去来するいくつもの懐かしいシーンに心を潤ませ、ため息をつきながらも、私の右手は使い慣れた菜箸を素早く動かして卵をどんどん溶いていく。

溶きながら、壁の時計を見た。

里穂、遅いな……。

ふと思ったまさにそのとき、傍に置いてあったスマートフォンが振動した。

私は菜箸を置いて、端末をチェックした。

思った通り、里穂からのメッセージだった。

短いメッセージに目を通した私は、《了解です。帰りは気をつけて》とだけ返信して、スマートフォンを置いた。

里穂はいま友達の家でテスト勉強をしていて、夕飯をご馳走《ちそう》になってから帰るとのことだった。

私はボウルに溶いていた二人分の卵を見下ろした。そして、「まあ、いいか」と小声でつぶやき、そのまま手早く二つのオムライスを作った。

完成したオムライスのうち、ひとつは冷蔵庫に入れ、ひとつは食卓へと運んだ。

テレビを観ながらの一人きりの夕食は、いつもよりもいっそう天井が高く感じた。

贅沢《ぜいたく》な卵を使った完璧《かんぺき》なふわトロも、期待していたほどの美味ではなかった。

なるほど「孤食」とはよく言ったものだ。

里穂を東京に出したら、毎晩、自分はこんな気分で食事をとることになるのか——。

私はスプーンを置いて、立ち上がった。

そして、冷蔵庫から缶ビールを持ってきて、缶のままごくごくと喉《のど》を鳴らした。

「ぷはぁ」

と出した声が、高い天井に吸い込まれて消えた。


午後十時を過ぎた頃、ようやく里穂が帰ってきた。

私はとくに叱りもせず「おかえり。風呂、沸いてるぞ」とだけ声をかけた。

冷蔵庫のオムライスのことは、なんとなく言いそびれてしまった。

里穂はというと、私が小言ひとつ口にしないことにむしろ動揺したのか、「あ、うん」と短く返事をするなり、そそくさと自室のある二階へ上がっていった。

その後も、とくに言葉を交わすでもなく、里穂は風呂に入り、私の視線を避けるようにして台所で水を飲んだ。そして、居間でテレビのニュースを観ている私の背中に「おやすみ」と早口で告げたと思ったら、そのまま逃げるように二階の自室へと消えてしまった。

振り向いて言った私の「おやすみ」は、届かなかったようだ。

一人になった私は、テレビを消した。

田舎の夜の静けさに包まれる。

私は、傍に置いてあった鞄のなかから、あの二通の手紙のコピーを取り出した。

そして、あらためて二通とも読み返してみた。

夢を抱いた者が、勇気を出して最初の一歩を踏み出し、やがて夢を叶え、人生を充実させ、しみじみと幸せを味わっている――。

二通の手紙を合わせると、そんな「人生の教科書」とも言えそうな「流れ」が見えてくる気がした。

私は、その二通を食卓の隅に置いて、代わりに、何も書かれていない真っさらな「水曜日郵便局」の公式便箋を広げた。

そして、いつも仕事で使っているボールペンを手にした。

だが、ふと思い直して鉛筆に持ち替えた。

ボールペンでは、書き直しが利かないからだ。

私は、今井洋輝さんのような熱っぽい文章を書けるタイプの人間ではない。書き損じた箇所を、上からぐしゃぐしゃと塗りつぶすような手紙は似合わないのだ。万一、書き損じたときは、しっかりと消しゴムで消して丁寧に書き直すのが、不器用な私らしいし、その方が、きっと里穂にも伝わるだろう。

「さて……」

何から書いたものか。

ふだんから、たくさん手紙を「読む」ことを仕事にしているが、いざ「書く」となると、これがまた難しい。

考えてみれば、子供の頃の私は、何よりも作文が苦手だったではないか。

便箋の一行目に、

《里穂へ》

と書いたきり、鉛筆はピタリと止まってしまった。

やっぱり、メールにしようか――。

少し弱気になりかけたとき、昼間の学生さんの言葉を思い出した。

「この歳のわりに、素直に書いているから、ですかね?」

彼は、そう言ったのだ。

そうだった。素直に書けば、伝わるかも知れない。

私は、胸のなかで「すなおに、すなおに……」とつぶやきながら言葉を探しはじめた。

結果、書き出しはこうなった。

《里穂に読んで欲しいと思う手紙が「水曜日郵便局」に二通届きました。内緒でコピーを取ってきたので、読んでください》

正直、書いていて妙な違和感があった。

娘に宛てた手紙なのに、敬語になっているからだ。

とはいえ《手紙が二通、届いた》《読みなさい》なんて書くと、いかにも威丈高な文章で、それはそれで私らしくない気もする。

「ま、いいか……」

敬語で通すことにした。

それから私は、鉛筆で書いては消し、書いては消し、を繰り返した。

しかし、二時間もかけて、ようやく完成した手紙は、自分でも情けなくなるほどの駄文だった。

《お父さんに里穂の夢を応援させてください。

微力かも知れないが、できるだけ力になりたいです。

どうして応援したいのか？

とお父さんなりに考えてみたら、答えは単純でした。

里穂の嬉しそうな顔を見ることが、お父さん（と、天国のお母さん）の喜びだからです。

つまり、里穂が夢を叶えることは親孝行です。

幸せになることも親孝行です。

お父さんは、自己犠牲を払って里穂を応援するのではありません。むしろ、里穂に親孝行をしてもらって、自分が喜びたいのです。

これは本当に素直な気持ちです。

だから、決して重たい父親ではないのです》

筆圧が強いせいか、消しゴムで何度も消した便箋は、全体に黒っぽく薄汚れた感じになってしまった。しかも、さらに汚くなると知りつつも、やっぱり最後の一文も消すことにした。

《だから、決して重たい父親ではないのです》

という蛇足だ。

そもそもは、この手紙自体が重たくならないように、最後に冗談でも書いておくか――と思って付け足したのだが、よくよく考えると、万一これを里穂が冗談だと受け取ってくれなかったら、本気で馬鹿丸出しだ。というか、むしろ重たい父親だと思われてしまうだろう。考えただけでゾッとする。

私は消しゴムを手にした。

「ほんと、下手だよなぁ。小学生かっつーの……」

自分の書いた手紙を、自分でごき下ろしながら、ごしごしと蛇足を消し終えた。

でも、まあ、こんなもんか。とりあえず、素直には書いたし——。

ふと、誰かに共感して欲しいような気持ちになって、仏壇の脇の遺影を見た。早織の笑顔も、なんとなく「素直に書いたのなら、いいんじゃない？」と言ってくれている気がする。

遺影のとなりにはカレンダーが掛けられていた。

私は、今日が水曜日だということに気づいた。

いま、この瞬間、日本のあちこちで、多くの人が「水曜日郵便局」に宛てた手紙をしたためているのだろう。

今夜の私と同じように、自分の心を一枚の便箋に投影している人たち——。

そして、その幾多の「憶い」は、不思議なトンネルの向こうへと届けられるのだ。

いろんな人生があっていい。

しかも、それぞれの人生は愛《いと》おしい。

トンネルの向こうの世界に通うようになって、私はそのことを知った。不器用で、少し心が疲れた私の人生も、短すぎた早織の人生も、そして、これからたくさんの喜怒哀楽を味わうであろう里穂の人生も――、どれも、ぜんぶ、心から愛おしく思えるようになった。

幸せとは、もしかすると、そういうことかも知れない、とすら思う。

私は、テレビの脇にある小物が入った抽《ひ》き出しから、飾り気のない真っ白な封筒をひとつ取り出した。

そして、表に、

《父より 水曜日の手紙》

と書いた。

二通の手紙のコピーと、私の駄文が連なった便箋を丁寧に折りたたんで、その封筒のなかに入れる。

封筒は、朝いちばんで里穂の目に付くように、いつも里穂が着席する食卓の上にそっと置いておいた。

〜〜

翌朝――。

目を覚ました私は、布団のなかでじっとしていた。

襖《ふすま》越しに、となりの居間の音に耳を澄ましていたのだ。

早起きをして二階から降りてきた里穂の足音が、居間に入るなり止まった。

食卓の上の手紙に気づいたのだ。

きし、きし、きし……と、里穂の歩みに合わせて、居間の古びた床板が鳴る。

そっと椅子を引き、食卓に着く音。

それから、しばらくは静かだったが、ほんのかすかに便箋をめくる音が聞こえてきた。

やがて、里穂は椅子から立ち上がった。

居間から出ていき、台所に立ったようだ。

蛇口から水が出る音。鍋や食器を扱う音。冷蔵庫の扉を閉める音。電子レンジの音。

包丁とまな板がぶつかる音。

ふたたび居間に戻ってきて、食卓に着いた音がする。

私は、薄暗い和室の布団のなかで目を閉じた。

十七年前——、産婦人科の待合室で聞いた、里穂の元気な産声が、耳の奥でこだまする。

はじめて寝返りをうったときのこと。

まだ、よちよち歩きだった頃の無垢《むく》な笑顔。

「パパ」「ママ」と言えるようになった頃の、可愛らしい声。

幼稚園の制服を着たときの嬉しそうな顔。

ランドセルを背負って走り出す、小さな後ろ姿。

ポニーテールがトレードマークになったのは、小学四年生の頃だった。

そして、その頃までは、家族の記憶のなかに、いつも早織のまぶしそうな笑顔があった。

早織を亡くしてからの里穂は、さほど楽しいときでなくとも、よく笑うようになった。

子供ながらに——、いや、子供だからこそ、いつも笑っていないと、淋しさに押しつぶされそうだったのだろう。

だから、私もよく笑うよう心がけた。

そして、父娘でたくさん笑い合いながら、少しずつ、少しずつ、心の傷を癒《いや》してきたのだと思う。

カチャ――。

台所で鍋の蓋《ふた》を閉める音がした。

里穂はいま、どんな料理を作っているのだろう。

私は、仰向《あおむ》けのまま目を開けた。

目尻から耳へと伝っていたしずくの軌跡をパジャマの袖《そで》でぬぐい、布団から起き出した。

廊下に出て、洗面所に向かう。

冷たい水で顔を洗い、歯を磨き、気持ちを入れ替えてから居間に入っていった。

「おはよう。ちょっと寝坊しちゃったよ」

台所で料理をしている里穂の背中に言った。

「おはよう」

里穂が、こちらを振り向いた。

あまり機嫌が良さそうには見えなかった。でも、さほど悪くもないようだ。

食卓を見た。私からの置き手紙はなかった。代わりに、おにぎりが三つ置いてあった。

私がそれを見下ろしていると、里穂の声がした。

「それ、朝食にしてね」

「おう、ありがとう」

「あと、お鍋に、お味噌汁を作っておいたから」

そう言って、鍋の火を止めた。

「里穂は、朝ごはん、食べたのか？」

「うん」

「何を？」

「オムライス」

「え……」

「レンジであったため直して、食べた」

昨夜、冷蔵庫に残しておいた、あのオムライスだ。

「そっか」

「うん……」

里穂は、少し気まずいような、それでいて、どこか嬉しいような、複雑な顔をした。

いつものオムライスを食べたときの、あの明るい笑顔は見られなかったけれど、まあ、今朝は会話をしてくれただけでも上出来だと思うことにした。

「わたし、今日、学校の係があって、ちょっと早く行くから。お弁当はいらない」

そう言いながら、制服の上のエプロンを脱いだ。すると、制服のポケットから「水曜日の手紙」が顔を覗かせていた。

「分かった」

私は気づかないフリで、何げなく返事をしておいた。

「あ、もう、急がないと」

壁の時計を見た里穂は、ばたばたと二階の自室と洗面所を行ったり来たりしてから玄関に向かった。

私は、いつものように見送りに行く。

靴を履いた里穂は、少しはにかみながら私を見た。

「じゃ、いってきます」

「里穂」

「ん？」

「今日も、楽しくな」

里穂は少し間を置いてから「うん」と小さく頷くと、玄関の扉を開けて出ていった。

パタ、と閉まるドア。

足早に歩き去っていく娘の足音が、ドアの向こうからかすかに聞こえてくる。

私は、おもむろにサンダルをつっかけて外に出た。

さらさらとした朝の澄んだ風に包まれた。

ああ、今日も、いい天気だ。

透明なレモン色の光のなか、小さくなっていく娘の後ろ姿を黙って見送る。

爽《さわ》やかに揺れる制服のスカート。

一歩ごとに左右に跳ねる黒髪のポニーテール。

スマートフォンをいじっているのだろうか、里穂はずっと下を向いていた。

やがて、角を曲がって見えなくなった。

私は郵便ポストから新聞を取って家に戻った。

喉が渇いていたので、冷蔵庫から野菜ジュースのパックを手にして食卓に着く。

新聞を傍らに置いて、野菜ジュースを飲んだ。

食卓には、里穂が握ってくれた三つのおにぎりが載った皿がある。きちんと形のそろった、海苔《のり》の巻かれたおにぎりだ。

ジュースを飲み終えた私は、台所に立ち、味噌汁をお椀《わん》に入れてきた。白い湯気と一緒に立ち上る香ばしい匂いに、私の胃袋がギュルルと鳴る。味噌汁の具は、豆腐とワカメと葱《ねぎ》と、丁寧に細切りにされたジャガイモだった。

「いただきます」

両手を軽く合わせて、私は箸を手にした。

味噌汁を啜《すす》ると、食道から、空っぽの胃のなかへと、やさしいぬくもりが伝い落ちていくのが分かった。

ああ、美味いなぁ……と胸裏でつぶやいたとき、私はふと天井を見上げた。

孤食なのに、高くは見えなかった。

そうか。そういうことか。まあ、そうだよな——。

と、ひとりごちて「ふう」と穏やかに息を吐いた。

おにぎりの皿にかけられていたラップをはがした。

右端の一つに手を伸ばしかけたとき、ブーン、と食卓の上で私のスマートフォンが振動した。

チャットのメッセージ？

こんな朝っぱらから、なんだ？

少し怪訝に思いながら端末を手にした。

送信相手を確認すると、里穂だった。

やはり、さっきの里穂は、歩きながらスマートフォンをいじっていたようだ。

私は手にしたスマートフォンを操作して、すぐにメッセージを読んだ。

最初の一文には、こう書かれていた。

《オムライス美味しかったよ。ありがとう》

感謝の言葉のあとは、後悔の台詞が続いた。

《冷蔵庫に高級な卵が入ってた！　昨夜は、家で食べればよかったなぁ。ザンネン！》

仲直りを望んでいるのか、会話のテンションが高い。

私が読んでいるはしから、メッセージの続きが入ってくる。

《水曜日郵便局に届いた手紙のコピー、読んだよ。いろんな人がいるんだなって、ちょっと感動しました》

ちょっと、なのか。俺は、けっこう感動したんだけどな……。

《お父さんの手紙も、ちょっと嬉しかった。ありがとう》

よかった。でも、やっぱり、ちょっと、なのか。

まあ、下手くそな文章でも、少しは伝わったようだ。

ホッと胸を撫で下ろしかけたとき、

《でもね……》

という接続詞が送信されてきた。

次にどんな言葉が来るのかと、私は小さな緊張を覚えた。

ところが、それから少しのあいだ、里穂からのメッセージは途切れてしまったのだ。

おい、そこで止めるなよ――。

スマートフォンを手にしたまま一分近くも待っただろうか。

一人で焦《じ》れていた私は、ふと思った。

あれ？　もしかすると、里穂は私からの返信を待っているのだろうか？　里穂のスマートフォンには「既読」の文字が見えているはずだし……。

しかし、里穂は《でもね……》と送信したのだ。その続きをいま、入力したり、消したりしているのかも知れない。

とりあえず私は《でも、の続きは？》と入力して、送信ボタンをタップしようとした。

その刹那、手のなかのスマートフォンが振動した。

来た。

《でもね……》の続きは、やはり長文だった。

《お父さんに東京行きを勧められると、嬉しい反面、「里穂はいつでも家から出て行っていいぞ」って、軽く突き放されているみたいで、ちょっと淋しい感じがして、悲しくもなったの。でも、お父さんの手紙を読んで分かったのは……、お父さんの気持ちとは全然違うところで、わたしは一人でイライラしていたんだな、ということでした。ずっと悪い態度を取っていて、ごめんなさい》

なんだよ。急にしおらしく謝るなよ――。

私は、ちょっと慌てて返信を入力しようとした。

しかし、昨夜の短文の手紙ですら二時間もかかった男だ。いま、この瞬間、里穂にかけてやるべき最適な言葉が見つかるはずもなかった。

しどろもどろになりかけていた私は、ふと、スタンプの存在を思い出した。

いくらかでも気分を軽くしてくれるような、ちょうどいいスタンプがあるのでは――。

私は、以前、里穂に教えてもらった可愛らしい仔猫《こねこ》のキャラクターのスタンプのなかから、使えそうなものをひとつ見つけ出した。大小二匹の猫が肩を組んで「仲良しだニャン♪」と楽しそうに笑っているイラストだ。

ちょっと、ふざけすぎかな――、と思いつつも、私はそれを送信してみた。

すると、すぐに同じキャラクター・シリーズのスタンプが返ってきた。

仔猫が感動して目をうるうるさせているイラストだった。

さらに、里穂はメッセージを続けた。

《わたしね、やっぱり東京には行かないと思う》

私が「え？」というスタンプを探しているうちに、入力の速い里穂が続きを送信してきた。

《とりあえずは、自宅から通える仙台あたりで、夢につながる道はないか、探してみ

ようと思ったの》

私は、じっとその先の言葉を待つ。

少し間があってから、メッセージは送られてきた。

《わたし、まだ二年生だし、卒業までは時間もあるし、夢なんて変わるかも知れないし、やっぱり大学に行きたくなるかも知れないし》

たしかに、それも、そうだ。

《これからは》

五文字だけの短い言葉が送られてきた。

そして、里穂はこう続けた。

《お父さんに相談するかも》

私は、文面を見詰めたまま、静かに、深く、息を吸い、そして、ゆっくりと吐き出した。

そして、二匹の仔猫が「イェ～イ♪」とハイタッチするスタンプを返した。

里穂からは「よろしくぅ！」というスタンプ。

私は「オッケー」と親指を立ててウインクした仔猫を返す。

いい流れになってきた。

スタンプって、本当に便利だ。

そう思っていると、再び里穂は言葉に戻した。
《あと、》
あと？
《お父さんの手紙、よかったんだけど》
けど？
《末尾を消してあったね》
え……。
まさか――、と私は息を呑《の》んだ。
《筆圧が強いから、うっすら消した後の文字が読めちゃったよ》
なんてこった。
私は「ひえええ～」という、仔猫が頭を抱えたスタンプを送った。
《こんなに寒いギャグがバレるような置き手紙を、年頃の娘に読ませるなんて》
なんて――。
なんだよ？
《お父さん、やっぱり重たい（笑）》
私はスマートフォン片手に吹き出した。
里穂もいま、にやにや笑っているに違いない。

私は「ガーン……」というスタンプを返す。

すると、《追伸》の二文字が送信されてきた。

《今夜のご飯は、カレイの煮付けにするから、早く帰ってきてね。じゃ、駅に着いたので電車に乗ります！》

カレイの煮付け。

私の大好物。

これまでに、何度も、何度も、作ってくれた、里穂の得意料理。二人だけの小さな「家族の味」だ。

私のなかに、ようやく返信すべき言葉が思い浮かんだ。

人差し指をたどたどしく動かして、こう入力した。

《ありがとう。今日も、楽しくな》

送信ボタンを、タップ。

そして私は、清々《すがすが》しい海風でも味わうように、ゆっくりと深呼吸をした。

このとき、私は、心のなかで不思議なまぶしさを味わっていた。あの真っ暗な素掘りのトンネルを抜けたような気分だったのだ。

「さてと――」

小さく声に出して、おにぎりをひとつ手に取った。

まだ、ほっこりとぬくもりが残っている。

私は大きな口を開けて、三角形の頂点をかじった。

おにぎりのなかに入っていた具は、牛タンのしぐれ煮だった。

思わず、頬が緩む。

おにぎりの具のなかで、私のいちばん好きな具なのだ。

好物を咀嚼しながら、私は仏壇の脇の遺影を見た。

早織は、いつもよりまぶしそうな目で「重たいお父さん」を見て、くすっと笑っている気がした。

ほんと、笑えるよな――。

胸の浅いところでつぶやいたら、早織のまぶしそうな笑顔がゆらゆらと揺れてにじんだ。

# 4章　井村直美の食パン

衣類がぎっしり詰められた段ボール箱の山、山、山。

ハンガーで吊《つ》られた洋服たちの列、列、列。

小学校の体育館ほどもありそうなこの倉庫は、いつだって不気味なほどに静かで、どこか薄暗い。小さな窓からは白い朝日が差し込んでいて、その光をよく見ると、無数の埃《ほこり》がきらきらと舞っているのが分かる。

わたしたちパートの女性（全部で五名）は、その大量の埃を吸い込まないよう、みな一様に使い捨てのマスクを着用している。

仕事は、そこそこ忙しい。でも、内容は単純だ。ネットショップで注文を受けた衣服を倉庫のなかから探し出して、梱包《こんぽう》し、発送するだけ。モノによっては、広告チラシを入れ込んだりもするけれど、いずれにせよ「単純労働」だ。

始業から一時間ほど経ったとき、珍しく商品管理部長がやってきた。このお偉いさんは、でっぷりと太ったバーコード頭だけど、いつも恵比寿《えびす》様みたいにニコニコしていて社員やパートたちからの評判はいい。いわゆる「愛されキャラ」なのだ。そして、その部長の後ろに、わたしが苦手とする――というか、正直、大嫌いな年下の上司（係長）の顔があった。

「おーい、みなさん、ちょっと集まってください」

倉庫の入り口あたりで恵比寿顔の部長が大声を出して集合をかけた。

わたしを含めたパートさんたちが、ぞろぞろと集まってくる。みな、マスクの上の目に怪訝《けげん》そうな色を浮かべていた。

「これで全員かな？」

部長が言うと、

「はい部長。五名、全員そろいました」

大嫌いな係長が、やけにハキハキと返事をした。

この係長は、上司の前でのみ背筋を伸ばすタイプなのだ。上司がいないときは、いつも偉そうに腕を組み、ガニ股《また》で倉庫内をうろつき回っては、わたしたちパート社員にぐちぐちと嫌味を吐いて回っている。

「みなさん、おはようございます。いつもお疲れさまです」今朝もニコニコした部長は、挨拶《あいさつ》に続けて、ちょっと驚くような台詞《せりふ》を口にした。「じつは、この熊倉《くまくら》くんなんですが、残念ながら、今月いっぱいで退職することになりました」

え——。

係長が、いなくなるの？

思わず、わたしは、マスクの下でにやにやしそうになった。それを必死でこらえながら、周囲のパート仲間たちの様子を見た。みな一様に、目を丸くしてはいるけれど、落胆したような顔はひとつもない。

「熊倉くんはね、なんと、沖縄の宮古島《みやこじま》に移住するそうです。で、ダイビングのインストラクターの仕事をしながら……、ええと、他に、何をするんだっけ？」

「知り合いのサトウキビ畑を手伝うことになっています」

「あ、そうだった。サトウキビ畑だったね」

「はい」

「熊倉くんは優秀な人だから、私も引き止めはしたんだけれども、どうしても夢を諦《あきら》められないと言われてね」

「まことに申し訳ありません、部長」

折り目正しく、係長が頭を下げて見せた。いつもの踏ん反り返った姿からは想像もできない媚《こ》び方だ。

「まあ、そういうわけですから、パートのみなさんも淋《さび》しくなるとは思いますけど、今月いっぱい、別れを惜しみつつも、彼とともに頑張ってください」

マスクの下から「はい」というくぐもった声がいくつか聞こえてきた。わたしは、もちろん黙っていた。

「熊倉くんからは、何かある？」

「いえ、私からの挨拶は、また後日で」

「そうだね。送別会のときにとっておこうかね」

「はい」

送別会？

そんな会に、誰が参加するわけ？

わたしは、自分の眉間《みけん》にシワが寄っているのに気づいて、慌てて力をゆるめた。あんな奴のために眉間に小ジワを作るのはもったいない。

「そういうわけでね、後日、熊倉くんの送別会を開こうと思っていますが、詳細はまた追ってお知らせします」

部長の言葉に、誰ひとりとして「はい」も言わなければ、頷《うなず》くこともしなかった。

それでも、陽気な部長は、とくに何も気にしていないような顔で続きをしゃべった。

「私からの報告は、以上です。仕事中に集まってもらって悪かったですね。では、今日も一日、くれぐれもミスのない発送業務をお願いします」

そこまで言ってニコリと笑うと、部長は倉庫を出ていった。

わたしたちも、それぞれの持ち場へと散っていく。そのとき、たまたまとなりを歩いていた、ちょっと小太りな二十代の女の子が、わたしの耳元でぼそっと言った。

「熊倉さんって、三十三歳で妻子持ちにしては、思い切った転職をしますね」

「えっ、あの人、妻子持ちだったの？」

「そうですよ。直美さん、知らなかったんですか？」

「知らなかったよ。っていうか、興味もないし」

わたしが答えたとき、背中に憎々しげな声が飛んできた。

「おらっ、そこ。くっちゃべってねえで、さっさと仕事しろよな」

振り向くと、いつものように腕を組んで、顎《あご》を出した係長が、わたしたちを見て不機嫌そうな顔をしていた。

部長が帰ったとたんに、これだ。

やれやれ、と目配せをしたわたしたちは、小声で「じゃあね」「はい」とだけ言い合って、大きな棚の右と左へと分かれた。


〜〜

昼休みになると、わたしは散歩がてらセルフサービスの安い喫茶店まで歩いていき、一人で軽いランチをとっていた。この店は駅から少し離れた場所にあるので、ランチタイムでもさほど混まないのがいい。

二人用の小さなテーブルで、お気に入りのサンドイッチを頰張っていると、ふいに鞄《かばん》のなかのスマートフォンが振動した。電話だった。わたしの脳裏には、仲違《なかたが》いしたままの高校時代の友人、伊織の顔が浮かんだ。

あの日――、伊織の自宅からほど近い高級住宅街のカフェで、わたしは彼女の恵まれた人生に嫉妬《しっと》し、テラス席に伊織をぽつんと残したまま、肩をいからせて帰宅してしまったのだ。

胸をどきどきさせつつスマートフォンを手にした。しかし、電話の相手は伊織ではなく小百合だった。高校時代、伊織とわたしが所属していた硬式テニス部で部長をやっていた友人だ。

口のなかのサンドイッチを飲み込むと、わたしは小声で電話に出た。

「もしもし」

「あ、直美、久しぶり。いま、少ししゃべって大丈夫？」

「うん。平気。喫茶店のなかだから、小声になっちゃうけど」

「あ、ごめん」

「大丈夫。ってか、小百合、元気だった？」

「うん、元気、元気ぃ。直美は？」

「わたしも、まあ、相変わらずかな」

それからわたしたちは、気を遣う相手ほど長くなる「意味のない前置き」を交わし合った。

「で、今日はどうしたの、急に」

残念ながら、この本題を訊《たず》ねるまでに一分以上はかかった気がする。

「あ、それなんだけどね、じつはさ、昨日、テニス部の花江《はなえ》先輩から連絡があって、三学年合同で同窓会をやるから、わたしたちの代も集まって欲しいって言われたんだよね」

「三学年、合同で？」

「そうなの。なんかね、せっかくだから大々的にやろうって、先輩たちの代で盛り上がったみたいでさ」

「ふうん」

ひとつ上の代の先輩たちは、人数も多く、昔から結束が固いのだ。

「武智《たけち》先生も来てくれるみたいだよ」

「へえ。懐かしいね」

武智先生というのは、テニス部の顧問だった人だ。

当時は、若くて、長身で、そこそこイケメンだったから、各学年に一人くらいは先生に恋心を抱いている子がいたのを思い出す。正直、わたしのストライクゾーンではなかったけれど、伊織は、たしか——。

「伊織、絶対に来ると思わない？」

小百合が、ちょっと悪戯《いたずら》っぽい声色でわたしの胸中を代弁した。

「あはは。そうだね」

わたしは、複雑な心境が声に出ないよう心を砕きながら答えた。

「伊織、武智先生のこと大好きだったもんねぇ」

「だよね。でも、いまの伊織には素敵な旦那《だんな》さんがいるし、すごく幸せそうだからねぇ」

わたしは、あえて会話に軽くブレーキをかけた。

しかし、小百合は「それは、そうだけどさ」と、逆にアクセルを踏む。

「伊織も、ほら、いろいろ悩んでるみたいじゃん？」

「え？」

あの伊織に、悩み？

わたしはスマートフォンを耳にあてたまま、小首をかしげていた。

「あれ？　直美、知ってるでしょ？」

「不妊治療のこと、だけど……」

まったく知らなかった。

ハンサムなお金持ちと玉の輿《こし》の結婚をして、好きな仕事をして、おっとり優雅に暮らしている、あの伊織が――。

わたしは、どうしてもその先を知りたくなって、胸の奥にチクリと痛みを感じつつも話を合わせてしまった。

「あ、そのことね。うん、聞いてるよ」

「だよね。直美、伊織と仲良しだもんね」

「あはは。まあね――」

頬を引きつらせながら、わたしは小さく笑ってみせた。

「伊織が治療をはじめてから、もうすぐ丸二年になるね」

「あ、うん……」

「旦那さんが犬を買ってきたとき、じつは、すごくショックだったらしいじゃん？」

「……そう、みたいだね」

わたしのなかに君臨していた伊織の優雅な笑顔――、それが、表面からパリパリと音を立てて剝《は》がれ落ちていく。

「伊織って、ほら、ああいう人だからさ、たまにうちの子の写真を送ってって言うんだよ」

「ああ、分かる」

わたしの口は、感情とは無関係に嘘をこぼし続けていた。

「大きくなったんだろうねぇ、なんて言ってさ」

「うん」

「でも、送る方としてはさ、ちょっと気を遣うっていうか」

「そうだよねぇ」

「伊織は、どんな気持ちで、うちの子の写真を見てるんだろうって思うとさ。はあ……」

小さくため息をついた小百合の声に、棘《とげ》は感じられなかった。純粋に伊織のことを心配しているのだ。

「まあ、でも、伊織ってさ、ちょっと天然っていうか、珍しいくらいピュアな人だから。他人を妬《ねた》んだりするタイプじゃないじゃん?」

伊織を妬みまくっていたわたしが、なぜか、彼女をフォローしていた。

「そうそう。それが分かってるから、わたしも写真を送るんだけどね」

「きっと、純粋に、小百合の子供の成長を見て、ほっこりしてるんだと思うよ」

「昔っから、そういう子だもんね」

「そうだよ」

「なんかさぁ、いつもニコニコしてる伊織を見てるとさ、いい加減、そろそろ、不妊治療、成功して欲しいなって思っちゃうよね」

「ほんと、わたしも同感」

頷いたわたしの胃のあたりには、ちょっと嫌な熱が滞っていた。もしも、いま嘆息したら、吐き出した呼気の成分に毒素が混じっていそうな気がする。

ふいに、わたしと小百合のあいだに小さな沈黙が生まれた。喫茶店のBGMが、静かなジャズから、古い時代のアメリカンポップスへと変わる。

すると、音楽に合わせたように小百合も話題を変えた。

「あ、そうそう。肝心なことを伝えなくちゃ」

「肝心なこと？」

「同窓会の日時と場所なんだけどさ――」

「あ、うん」

それから、わたしたちは十五分ほどしゃべり続けた。

同窓会と高校時代の思い出話が半分。お互いの近況報告が半分。伊織の話題は、もう出てこなかった。

小百合との通話を終えたわたしは、スマートフォンを鞄に戻し、食べかけのサンドイッチを見下ろした。パンが少し乾いてしまったかなあ、なんて思いつつも、脳裏には、伊織の淋しげな笑みがちらついていた。

あの日——、お洒落《しゃれ》なカフェで伊織を置き去りにしたとき、わたしは自分の人生の不自由さを息子たちのせいにしたのだった。

つねに子供の予定を優先しなくてはならない「母親」の気持ちなんて、伊織には分からないでしょ？

直球では言わなかったけれど、その思いはきっちりと伝わってしまったはずだ。

わたしはサンドイッチを手にした。

パンの表面は、すっかり乾いてかさついていた。

「ふう……」

ため息が漏れた。

このため息は、お気に入りのサンドイッチが乾いてしまったせいだ——、と自分に言い聞かせてみたら、いっそう深いため息が漏れてしまった。

〜〜

夕方、パートの仕事から帰宅して玄関のポストをチェックした。すると、いくつかのDMにまじって一通の手紙が入っていた。

宛名は、わたしの名前だった。

誰からだろう？

封筒を裏返して、ハッとした。

すっかり忘れていた水曜日郵便局からだったのだ。

「本当に、届くんだ……」

当たり前のことをつぶやきながら、わたしは誰もいない家のなかに入った。いつもなら無人の玄関で「ただいま」と言うのだが、今日はそれを忘れたまま靴を脱いだ。

リビングのテーブルに着き、鞄をとなりの椅子にストンと置いて、壁の時計を見上げた。まだ、大丈夫。夫は残業があるし、息子たちは部活と塾で帰りは遅い。

いつもなら、さっさと夕飯の支度に取り掛かるところだけれど——。

わたしは水曜日郵便局からの封筒を、ハサミを使ってきれいに開封した。どうやら、なかから折りたたまれた便箋《びんせん》を抜き出し、開いてみる。便箋は三枚。

かなかの長文らしい。

どこの誰かも分からぬ人からの手紙。

変な緊張と胸の高鳴りを感じて、わたしはひとつ深呼吸をした。そして、三枚重ねて手にした便箋に視線を落とした。

最初にチェックしたのは差出人の欄だった。

そこには「ヒロキ」と書かれていた。

年齢は三十三歳。

わたしの七つ下——ということは、あの係長と同い年ではないか。

大嫌いな人と同い年というだけで、ちょっと色眼鏡で見てしまいそうになる自分に苦笑しつつ、本文を読みはじめた。

すると、最初の一行目から、わたしの心臓はドキリとさせられたのだった。

《ぼくは絵本作家を夢見ていながら、会社をずっと辞められずにいるサラリーマンです》

そう書いてあったのだ。

わたしは、すぐに続きの文章に目を走らせた。

《いまは水曜日の夜で、お酒を少し飲んでいます。外では、同じアパートの一階の住人が、庭に小さな穴を掘って飼い猫のお墓を作っています。その様子を眺めていたら、ふと「死」について考えてしまいました。それと同時に「生」についても。たった一度きりの人生、死ぬときに後悔しないためにはどうしたらいいのか、と――》

文章が先に進めば進むほど、言葉と文字は勢いづいていき、そして乱れていった。書き損じた箇所は、ぐしゃぐしゃと上から塗りつぶされている。いわゆる「書き殴る」というやつだ。

この手紙を書いたヒロキさんは、どうしても会社を辞める勇気を持てずにいる人だった。しかも、勇気を持てないその理由を「婚約者がいるから」と、自分自身に言い聞かせていた。つまり、自分の臆病さを認めたくないがために、婚約者の存在を言い訳にしている、というのだ。

さらに困ったことに、フリーでイラストレーターをやっている友人を妬ましく思っている。

《そんな自分が、嫌いになってしまいました》

そこまで読んで、わたしは再び深呼吸をした。

夢をあきらめ、日常を愚痴り、上手《うま》くいかないことを他人のせいにして、しかも、友人を妬んで、自分のことが嫌い。

それって、そのまんま……。

わたしのことじゃん。

そう思ったら、なんだか自分が責められているようにも感じて、少し胸の内側がザラついた。手紙の先を読むのも、ちょっとだけ怖くなった。でも、一方では、この手紙を書いたヒロキさんという人に、なんともいえない親近感を覚えてもいた。

わたしは怖いもの見たさと親近感に力をもらい、続きを読みはじめた。

悩めるヒロキさんは、ある日、恋人が何げなく発したこんな言葉に心を揺り動かされたという。

《自分の心に耳を傾けて、その感情に素直に従って生きてさえいれば、死ぬときも、きっと晴れやかな気持ちでいられるよ》

さらに、妬んでいるイラストレーターの友達の言葉も、痛いほど胸に刺さったと書いてある。

《せっかく生まれたからには遊ばなきゃ損だと思うわけよ。やりたくないことばかりやっているうちに人生が終わっちゃうなんて、絶対に嫌じゃん？》

なるほど、分かるよ――。

どちらの言葉も、読んでいるわたしの胸にまで響いてきた。きっと、ヒロキさんとわたしは似た者同士なのだろう。しかも、ここまでピタリと重なった境遇を、いま、この瞬間、別のどこかで味わいながら生きているなんて。さらに言えば、ヒロキさんの書いた手紙が、偶然わたしのところに届けられるなんて。

考えると、奇跡さえも信じたくなってくる。

ふと気づけば、わたしは、一度も会ったことのない七つ歳下のこの男性に、ちょっと不思議な好感を抱いていた――と同時に、伊織の「類友」を思い出してもいた。

ヒロキさんって、どんな人なんだろう？

同じ年齢でも、あの係長とは大違いだよね――。

なんて、余計なことまで考えてしまう。

わたしは、ふたたび続きを読みはじめた。

三枚目の便箋の最後には、こう書かれていた。

《もう逃げません。ぼくは、ぼくの心に嘘をつきたくない。絵本作家になるために、勇気を出して（遊び心を持って）今日という水曜日から一歩、前へと進みはじめます。たった一度きりの人生、死ぬときに後悔しないために》

ヒロキさんの、強い決意――。

わたしの胸を内側からノックするような文章が、終わってしまった。でも、文末のさらに下の空いたスペースに、五センチ四方ほどの線画が描かれていた。

それは、いたずらにサラッと描かれたようにも見えるけれど、しかし、よくよく眺めていると、どこか味わい深くも感じられる灯台の絵だった。

ああ、終わっちゃった――。

わたしは、軽くため息をもらして、もう一度、三枚の便箋をパラパラとめくってみた。

ぎゅっと詰め込まれた力強い文字たち。

勢いのある文章。

そして、灯台の絵。

手にしている便箋の行間から、「未来」をはらませた清々《すがすが》しい海風がすうっと吹いてきて、わたしの内側を駆け抜けた気がした。

便箋をテーブルの上にそっと置いた。

わたしの両腕には鳥肌が立っていた。

ヒロキさんに返事を書きたい。わたしによく似たこの人に、「がんばれ」と、応援のメッセージを送りたい。

そう強く思ったら、腕の鳥肌が背中にまで広がっていた。

しかし、水曜日郵便局は、届いた手紙をランダムに交換するシステムをとっているのだ。たとえわたしが水曜日郵便局宛てに返事を書いても、それがヒロキさんに届くとは思えない。

だったら――。

わたしは、椅子の上で少し背筋を伸ばした。

いま、この瞬間、便箋からわたしの内側へと吹き込んできた風を、わたし自身への「追い風」として受け取ろう。この手紙は、偶然にも、わたしのところに届いたのだ。似た者同士がたまたまつながることができたのだ。正直、神様がいるかどうかなんて分からないけれど、でも、もしも、いるのであれば、これは、きっと、そういう采配《さいはい》であり、そういうメッセージなのではないか……。

そんな都合のいい解釈をしはじめたとき、ふと、わたしの脳裏に、ちょっといいアイデアが降ってきた。

時計を見上げた。

夕飯は……。

「まだ、いいや」

ひとりごちたわたしは、テーブルの上にノートパソコンを持ってきてインターネットにアクセスした。

検索エンジンを開き、文字を入力する。

近所のパン教室——。

「で、検索……と」

クリックとほぼ同時に表示された検索結果を見て、わたしは思わず声を漏らした。

「こんなに、あるんだ……」

パソコン画面には、この周辺の地図と、いくつものパン教室の情報が列挙されていた。自宅もしくは会社から気軽に通えそうな場所に、少なくとも六ヶ所はある。

上から順番に、そのホームページを閲覧してみた。本格的にパン焼きを習える専門学校から、土日だけの教室、さらには、自分が作りたいパンの実習がある日にだけ行けばいいという、いわゆる一日体験教室のようなものもあった。

パン教室に参加した人たちの「レビュー」のページを読んでみると、明るい笑顔の写真と、楽しそうな体験談が満ち溢《あふ》れていて、見ているこちらの頬までゆるんでくる。

《この教室に通ったことで、同じ趣味の友達が出来ました！》と書いている人もいた。

「楽しそうだなぁ……」

ぼそぼそとひとりごとをつぶやきながら、わたしは画面におでこがくっつきそうなくらい前のめりになっていた。

パン教室に通えたら――、もしかすると、わたしにも「類友」が出来るかも知れない。伊織が「ある」と言っていた、自分と似たような人との出会いが待っているかも知れないのだ。

わたしはパソコン画面から視線を外し、壁の時計のさらに上のあたりをぼんやりと見上げた。

そして、考えを巡らせた。

高校時代に夢見ていたパン屋さん——。

いま、わたしがパン教室に通ったなら、ずっと、ずっと、代わり映えのしなかった、この倦《う》んだような日々に、新しい風を吹かせられるかも知れない。土日だけのコースだってかまわない。パートをやりながらでも出来るはずだ。パンを焼くのは楽しいと分かっている。わたしが焼いたパンを誰かに食べてもらって、それを「美味《おい》しい」と喜んでもらえたなら、さらに楽しくなるに違いない。

パン教室にこつこつと通い続けているうちに、わたしの腕が上がり、そのパンが少しずつでも売れるようになったりしたら——、パン作りはわたしの「副業」になるだろう。自転車操業をしている夫の会社に、もしものことがないとは言い切れない。そのとき、わたしの「副業」は生活の足しにはなれど、足を引っ張ることはないはずだ。

しかも、夫だって、子供たちだって、日々、鬱々《うつうつ》としているわたしより、生き生きとしたわたしと暮らした方がいいに決まっている。その方がきっと、いまより家庭が明るくなるに違いない。

楽しみながらパン作りを習い、少しずつでも売れるようにしていって、そして、いつか、ちゃんと夢を叶《かな》える。

たった一度きりの、わたしの、この人生で。

ヒロキさんのように、死ぬときに後悔しないために。

わたしはヒロキさんの便箋をたたんで封筒に戻した。

ノートパソコンも閉じる。

「ふう」

と、決意のような息を吐いて、椅子から立ち上がった。

よし。夕飯、作ろうか。

今夜は、手抜きのレシピでいいや。

そう考えながら、わたしは冷蔵庫を開けて、なかの食材とにらめっこをしはじめた。


翌日は土曜日だった。

子供たちの学校は休みだけれど、わたしはいつも通り早くに起きて朝食の支度をしていた。というのも、夫が休日返上で工場に出勤するというからだ。

「夜中からずっと胃がしくしく痛くてさ――、悪いけど、朝食、おかゆにしてくれる？」

寝癖で後頭部の髪の毛をアンテナみたいに立てた夫が、パジャマの上からお腹をさすりつつそう言った。

「そんな状態なのに、仕事、休めないの？」

わたしが訊《き》くのも当然だろう。

「納期がぎりぎりの仕事があってさ、職人さんたちが何人か出勤してくれるんだよ。だから、せめて俺も顔くらいは出さないと」

みぞおちを押さえたまま眉《まゆ》をハの字にして苦笑する夫。

「顔を出すだけの役員なんて、居ても居なくても変わらないんじゃないの？」

言いながら、わたしの脳裏には、単なる会社のお飾りみたいな義父母の顔が浮かんでいた。

「まさか。俺も一緒に働くに決まってるだろ。役員が横でせっせと機械を動かしてるとさ、職人さんたちも納得した顔で働いてくれるもんだよ」

「そっかぁ……」

「役員が率先して、頑張る背中を見せないとな」

「じゃあ、まあ、とにかく、あんまり無理しないでよね」

「しないよ。痛いのは苦手だし」

言いながら、お腹をさする夫。

この人は、わたしと違って、昔からズルができないタイプなのだ。旧友や会社の人たちからも「お人好《ひとよ》し」の烙印《らくいん》を押されている。

わたしは、作りかけていた玉子焼きとピザトーストを放擲《ほうてき》し、昨夜《ゆうべ》の残りご飯を鍋《なべ》に移し替えておかゆを作りはじめた。

やがて、二人分のおかゆと、梅干しと、味噌汁《みそしる》をテーブルに並べた。

わたしも、夫の正面の席に座る。

夫は「いただきます」と、少しかすれた声で言うと、何かものすごく不味《まず》いものでも食べるように眉間にシワを寄せながら箸《はし》を口に運ぶ。よほど胃の調子が悪いのだろう。とはいえ、わたしが「無理に食べないで」とか「薬を飲んで」とか言っても意味がないことは承知している。なにしろ夫は、朝食をとらないと元気が出ないと頑《かたく》なに信じているうえに、薬と注射と病院が大の苦手なのだ。それでも、なるべく近々、病院に連れていこうと思う。たとえ嫌がったとしても。

「ねえ」

わたしは、テーブル越しに声をかけた。

「ん？」と、顔をあげた夫は、勝手にわたしの思いを推し量って「いや、別に不味くはないんだよ。ただ、胃が痛いだけ」と、見当違いなことを口にした。自分でも不味そうな顔をして食べているという自覚はあるらしい。

「違うよ。あのね――」

わたしはテーブルの隅っこに置いてあるヒロキさんからの手紙をちらりと見て、続けた。

「わたしさ、近々、パン教室に通って、パン作りを習いたいんだけど」

「は……、なに、急に」

夫は味噌汁のお椀《わん》を手にしたまま眉毛を上げた。

「毎週、日曜日だけとか、休日だけとかでもいいんだけど、通ってみたいなって思ってるの」

「だから、どうして？」

「どうしてって……」

「理由くらい、あるだろ？」

少し不機嫌そうな目で問われたわたしは、大きく息を吸い込んだ。そして、一気にしゃべった。

「そもそも、パン屋さんになるのが、わたしの夢だったの」

「え、夢？」

「うん、そう」

「それ、初耳だなぁ」

「だって、言ってないもん」

「…………」

夫は黙ったまま、意外そうな顔をしていた。

「でね、だからってワケでもないんだけど、昨日、なんとなくネットでパン教室についてあれこれ調べてみたのね。そしたら、近くにいくつか教室があったし、生徒さんたちもすごく楽しそうでさ。わたし、結婚してからずっと無趣味だし、なにか楽しみながら学べることをしたいなって思ったんだよね」

「あのさ――」

「ごめん。最後まで聞いてくれる?」

わたしは、まっすぐに夫の目を見て制した。

夫は、開きかけていた口を閉じた。

「………」

「とりあえずは、休日限定で教室に通ってみようかなって思ってるんだよね。だって、美味しいパンを焼けるようになれば、家族だって喜ぶだろうし、喜ばれたわたしも嬉《うれ》しいじゃん? しかも、将来的にそのパンが少しでも売れるようになったら、家計の足しにだってなるでしょ? せいぜいお小遣い程度かも知れないけど、お金は無いよりはマシじゃん?」

「ってことは――」ここまで黙って聴いてくれていた夫が、恐るおそるといった感じで口をはさんだ。「直美は、プロのパン屋になるつもり?」

「まあ、なれたらラッキーっていう感じかな。別に、すべてを投げ打ってプロを目指すっていうワケじゃないから」

夫は、相変わらず意外そうな顔のまま、わたしを見ていた。

「そんなイメージなんだけど、駄目かな?」

「うーん……」

夫は腕を組んだ。でも、頭にアンテナを立てたパジャマ姿だから、ちょっとマヌケっぽくて笑える。その夫が小首をかしげながら言った。

「直美、最近、何かあった?」

「え?」

何かって——。

一瞬、脳裏に伊織の顔が浮かんだ。そして、それと同時に、テーブルの上の封筒が目に入った。

「あ、これ」

わたしはヒロキさんからの手紙を夫の前に差し出した。

「なに、これ?」

「水曜日郵便局っていうサービスなんだけど、知ってる?」

「水曜日——郵便局?」

「うん」

「知らないけど」

「そっか」

「なにそれ？」

「ええと……、簡単に言うとね、自分の水曜日の出来事を手紙に書いて水曜日郵便局に送ると、そこの局員さんが、全国各地から集まった手紙をシャッフルして、別の誰かに送ってくれるっていうサービス」

夫は、アンテナの立った頭で少し考えたあと、

「で？」

と言った。

「だから、それに、わたしも手紙を出してみたの」

「…………」

「で、この封筒が、水曜日郵便局からわたし宛てに送られてきた手紙ってわけ」

「なるほど」

夫は、水曜日郵便局のシステムを理解したようで、少し興味深そうに封筒を手に取った。そして、ふたたび「で？」と言った。

「それを書いた人ね、本当は絵本作家になりたいんだけど、ずっとあきらめたままサ

ラリーマンをやってて、でも、ついに勇気を出して——」

「あっ、ストップ、ストップ」

いきなり両手を前に出した夫が、わたしの言葉にかぶせて言った。

「ストップ？」

「説明の途中に悪いけどさ、考えてみたら、いま、ゆっくり話聞いてる時間ないんだった。仕事に遅れちゃう」夫は壁の時計を見上げながら言った。「とりあえず、この手紙、あずかってもいい？」

「別に、いい、けど……」

「あとで、会社で読んでおくよ」

そう言って夫は、左手でみぞおちをさすったあと、封筒をそっとテーブルの上に戻して味噌汁をちびちびと飲みはじめた。

わたしは喉元《のどもと》までこみ上げてきた盛大なため息を、力ずくで飲み込んだ。

もしかすると、いまのこの人は——、わたしのこういう話を聞くだけでも相当なストレスを感じているのではないか。そう思ったら、なんとなく背骨からするりと力が抜けたようになって、わたしは椅子の背もたれに身体をあずけた。そして、テレビをつけ、ニュースと天気予報が流れる画面をぼんやり眺めた。

やがて夫は「ごちそうさま」と言って椅子から立ち上がった。味噌汁は飲み干していたけれど、おかゆは茶碗《ちゃわん》の底に少し残っていた。

「じゃあ、これ、あずかっとくから」

ヒロキさんからの手紙を手に取ると、夫は胃の痛みのせいか背中を少し丸めながら「着替えてくる」と言ってリビングを出ていった。

～～～

正午近くになると、息子たちが順番に起きてきた。

どちらも「腹が減ったぁ」とぼやくので、わたしは手早く焼うどんを作ってテーブルに並べた。育ち盛りのオスたちは、肉食獣を思わせる迫力を放ちながらガツガツと焼うどんを平らげ、そして、さっさと家から出かけていった。それぞれ学校の友達と遊ぶ約束があるのだそうだ。

ぽつんと家にひとり取り残されたわたしは、気分が落ちる前にノートパソコンを開き、インターネットで美味しいパンの焼き方のレシピを検索してみた。

「せっかくだから、食パンを作っちゃおうかなぁ」

ひとりごとも、あえて明るめの声でつぶやく。

たくさんヒットしたサイトのなかから、いちばん丁寧なレシピ解説がついていたホームページを開き、食パン作りに必要な材料をチェックした。

食パンが一度に二斤焼ける「焼き型」は、たしか結婚するときに実家からもらってきたから、いまでもキッチンの棚の奥の方にあるはずだ。

「で、うちに、た・り・な・い・の・は――、と」

食パン用の強力粉、無塩バター、ドライイースト……。

足りないものだらけだったので、わたしはそれらをスマートフォンにメモして、ノートパソコンを閉じた。そして、「よし」と声を出し、立ち上がると、その辺にあった服に着替えて軽くお化粧を済ませた。近所の大型スーパーで買い出しをするのだ。

今日は天気も悪くない。

買い物がてら自転車でぶらっと外を走ってくれば、気分だって少しは晴れるだろう。

せっかくだから深呼吸をたくさんしてこよう。

わたしは玄関を出て、少し錆《さび》の浮いた自転車にまたがった。

しかし、家の前の細い路地へ漕《こ》ぎ出して、最初の角を曲がろうというときに、ハッとした。財布を入れておいた鞄を玄関に忘れてきたことに気づいたのだ。

ああ、もう……。

ドジな自分にため息をつきながらUターンしたとき、ふいに、住宅地の上に広がる青空が目に入った。

清々しすぎるそのブルーは、なぜだろう、空っぽなわたしの胸に沁《し》みた。

自転車にまたがったまま、わたしはさっそく深呼吸をするハメになってしまった。

ゆっくりと、青い空とつながっているはずの空気を吸って、吐く。

それを二度繰り返した。

自宅に向かって自転車のペダルを踏みしめた。

出かけたときよりも、ペダルはずいぶんと重たかった。


わざわざスーパーで買い出しをして作った食パンは、想像以上に美味しく焼き上がった。

しっとりもちもち食パン――。

と、レシピのサイトに書かれていたとおりの食感で、焼きたてをちぎって口に入れたときは、思わず「うわっ、美味しい」と声に出してしまうほどだった。

すぐに、わたしの脳裏には、このパンを食べて喜ぶ夫と息子たちの顔が浮かんだ。

続けて浮かんだのは、伊織の顔だった。

高校生の頃、わたしと母で焼いたパンを学校に持っていっては、伊織や小百合と一緒に屋上で食べたんだよなぁ……。

心を過去に飛ばしたら、あの頃、校舎の屋上から眺めていた町の風景や、セーラー服の袖《そで》から入り込んでくるサラサラした風の感触、そして、わけもなくはしゃいでいたわたしたちの歓声が甦《よみがえ》ってきて、なんだか急に感傷に浸ってしまいそうになった。

パンを作ることは、あの頃と変わらず楽しかった。

食べるのも、もちろん幸せだ。

でも、やっぱり誰かに「美味しいね」と喜ばれ、笑顔を向けてもらってこそ、本当の充実感を味わえる。そのことに、あらためて気づかされた気もした。

と、ふいに耳の奥の方で、伊織の声が再生された。

——まずはさ、身近な家族とか、苦手な旦那さんのご両親とかから、あえて喜ばせてあげたらどうかな？

高級な風の吹くあのカフェのテラスで、伊織はわたしにそんなきれいごとのようなアドバイスをしてくれたのだった。

わたしは、焼き上がったばかりの食パンを見下ろした。

家族の分は、わたしが少しちぎってしまったけれど、ほぼ一斤ある。

残りの一斤を義父母におすそわけしたら……。

今日は土曜日だから、きっと義父母は同じ敷地内にある広い母屋で休んでいるはずだった。

伊織の言うとおり、このパンで義父母との関係を少しでもよくできる可能性があるのなら、試してみる価値はあるかも知れない。

食パンはまた焼けばいいし、材料だって、たっぷり買ってきたし――。

そう自分に言い聞かせたわたしは、一斤のパンをビニール袋に入れると、玄関でサンダルをつっかけ、外に出た。

そのまま敷地内をすたすた歩いて、母屋の玄関の前に立った。

そこで深呼吸をひとつ。

わたしは呼び鈴を鳴らした。

「はいはい」

引き戸の向こうから義母の声と足音が聞こえた。

「お休み中にすみません。直美です」

無意識にわたしは、よそゆきの声を出していた。

内側から鍵《かぎ》が開けられ、引き戸が開く。

「あらぁ、直美ちゃん、どうしたの？」

義母は、ちょっと芝居掛かったように目を丸くしてみせた。

「あ、ええと……、いま、食パンを焼いてみたので、よかったら――と思って」

わたしは、玄関の敷居をまたぎ、まだほかほかしているパンを両手で差し出した。

義母は上がり口の上にいるから、なんだか「献上する」という感じの動作になってしまった。

「これを、うちに？」

「はい」

すると義母は、「直美ちゃんがパンを焼けるなんて知らなかった。すごいじゃない。いただくね」と言って、袋を受け取った。

そして、「どうもありがとね」と微笑んでくれた。

義母に笑顔を向けられたわたしは、それまでぎゅっと結ばれていた心のひもが少しゆるんだようで、「いいえ。簡単なレシピなんで」と、思いがけず素直に微笑み返すことができた。

しかし、次の刹那《せつな》――。

義母はいつものように眉間にシワを寄せたのだ。

「あ、そういえば、直美ちゃん」

「はい――」

この時点ですでに、わたしは嫌な予感がしていた。

「あの子、今日も出勤してるの？」

あの子とは、もちろん夫のことだ。

「あ、はい……」

「どうして？」

「え？」

「だから、どうして、せっかくの休日に働いてるのかって訊いてるの」

義母が発する声のなかに、小さな棘が生じはじめていた。

「ええと、わたしは、詳しいことは分からないんですけど……、今日は職人さんたちが休日出勤して頑張ってくれるから、自分も行かないとって言って――」

わたしが訊かれたことに答えているのに、義母は「ねえ？」と声をかぶせてきた。

「え……、あ、はい」

「最近、あの子、ちょっと具合が悪そうに見えない？」

ここで「見えます」と答えるか、あるいは「とくに、そんなことはないです」と答えるかで、この場の空気がガラリと変わるのだろう。いや、むしろ、この流れは、どちらを選択したとしても険悪になるパターンか……。

わたしの心は、義母が発する棘から身を守ろうと、すでに貝殻のなかですくんでいた。だから、すぐには返事をできなかった。すると義母は、あからさまに呆《あき》れたような顔をして見せた。

「直美ちゃん、分からないんだ、あの子の様子」

「え……」

「あの子、ほら、優しいところがあるから、直美ちゃんと子供たちには心配かけないように、家のなかでは元気に振る舞って見せてるのかしら」

わたしは、恐るおそる口を開く。

「ええと、今朝は、ちょっと胃が痛いって言ってました」

「言ってたの？」

「はい……」

「やっぱり、言ってたんだ」

「…………」

イライラをちらつかせた表情で、義母は、上がり口の上からこちらを見下ろした。

わたしは目を合わせ続けることができず、義母の右手からぶら下がっているビニール袋へと視線を下ろした。

「病院には？」

「まだ、行ってません」

「どうして？」

どうせわたしが行けと言っても、病院嫌いな夫は行かないからです――、なんて言える空気ではない。

「すみません……」

わたしは、食パンに向かって謝った。

「昨日、会社でね、お父さんがあの子に言ったのよ。明日の仕事は従業員に任せておけばいいって」

「え――」

「最近、疲れてるみたいだから、ちょっとは休みなさいって言ってあげたの。それなのに」

義母は、これ見よがしにため息をついて見せた。

また、わたしのせい？

ため息をつきたいのは、こっちだよ。

ふざけんな、クソババア。

義母には聞こえないよう、わたしは貝殻の内側でつぶやいた。

とはいえ、義父母が、自分たちの息子の健康を心配する気持ちは分からないでもない。わたしだって、自分の息子たちが日々くたくたになっていて、しかも胃痛を抱えていたなら心配するだろうし、病院に行けと口を酸っぱくして言うだろう。

「あの……、今日、お義父《とう》さんは――」

わたしは、ふと気になって訊いた。

「麻雀《マージャン》をやるって、さっき出かけて行ったけど」

「あ、そうですか。お義父さんも、お仕事だったんですね？」

わたしは、つまり、取引先との接待麻雀なんですね、と訊いたのだ。ゴルフが苦手で、麻雀が大好きな義父は、しばしば麻雀でクライアントを接待していると夫から聞いたことがあるからだ。

しかし、義母は首を横に振った。

「違うわよ。お友達と遊びで麻雀をしに行ったの」

義母は「遊びで」というくだりを強調して言った。

わたしは、義母のその台詞にひどい違和感を覚えた。

遊びで？　自分の会社がギリギリまで傾いているときに？　しかも、体調不良の息子が無理して働いているのを知っているのに？　つーか、あんたたち仮にも社長と専務でしょ？　いや、その前に、夫の父と母だよね？

「あの子も少しは遊べばいいのにねぇ。昔っからああなのよ。真面目すぎるというか、なんというか」

義母は、ふたたび、わたしの夫の話をしはじめた。

「……………」

「何かをはじめると、ずっとそればっかりで、他のことを一緒にやれないの。優しいけど、その分、不器用なのよねぇ」

「……………」

「もっと、こう、仕事と遊びにメリハリをつけるとか、経営者と従業員のあいだにきっちりと線を引くとか――、あの子、ほら、そういうのが苦手でしょ？」

わたしは、絶対に頷きたくなくて、じっと義母の手からぶら下がった食パンの袋を見つめていた。

「ああいう不器用でお人好しな性格だから、いつまで経っても社長になれないし、売り上げだって上がらないのよねぇ」

わたしの心は、固く閉じた貝殻のなかで震えはじめていた。

毎日、ボロ雑巾《ぞうきん》のようになるまで工場で働いて、家に帰っても文句ひとつ言わず、休日にも出勤し、子供の頃から可愛がってくれた年老いた職人さんたちを「家族みたいな人たち」と言い、ほとんど働かないのに報酬だけはたっぷり持って行く両親のことも、ただ苦笑するだけで流してやって――、しかも、傾きかけた会社の責任だけは、たったひとりで背負おうとしている不器用な人。

わたしの夫は、なるほど不器用だ。

馬鹿がつくほどのお人好しだ。

でも——。

悔しいけれど、わたしの目の奥には、じんわりと熱が生じはじめていた。

「直美ちゃんも、そう思うでしょ？」

食パンを見ているのに、人を小馬鹿にしたような義母の薄ら笑いが目に浮かんでくる。

「あの子、ほんと、お人好しだもんねえ？」

「……………」

わたしは答えず、チラリと義母の顔を見た。

高圧的な視線に射られて、思わず心がすくみそうになる。

でも、「フン」と笑ったときの下品なほうれい線の角度が、なぜだろう、それまで固く閉じていたわたしの貝殻をこじ開けたのだ。

「あんまり、馬鹿に、しないでください……」

貝殻の隙間から、震えるかすれ声が漏れ出した。

涙声だとは思いたくない。

ただ、怒りで震えているだけだ。わたしは、そう自分に言い聞かせた。

義母は軽く面食らったような顔をして、わたしを見下ろした。

「わたしの夫を、馬鹿にしないでください」

「あたしは、べつに――」

「誰のおかげで、いままで会社が持っていると思ってるんですか？」

かすれ声が、なんとか地声になった。

声の震えも必死に抑え込めた。

でも、わたしはそもそも小心者だから、顔を上げ続けていることはできなかった。

だから、ほんのついさっき幸せな気分で焼いて、よかれと思っておすそ分けをした食パンに向かって、さらに声を大きくしたのだった。

「あの人がいつも、分け隔てなく接しているから、職人さんたちは休日返上で働いてくれるんじゃないんですか？」

「え……」

「違いますか？」

「な、直美ちゃん？」

急に猫なで声で名前を呼ばれた。

そして、その声が、いっそうわたしの貝殻をこじ開けた。

「そんな職人さんたちに敬意を払っているからこそ、あの人は、胃が痛くても出勤したんじゃないんですか？」

ずっと、ずっと、鬱積《うっせき》していた黒くて熱いモノが、喉の奥からズルズルと吐き出されていく。

もう、止められない。

「もしも、職人さんたちが頑張って働いてくれなかったら、いま頃、会社はどうなっていると思いますか？　職人さんたちが転職しないで会社に残ってくれているのは、誰のおかげだと思っているんですか？」

「ちょ……、ちょっと、どうしたの、直美ちゃん？」

義母は、明らかに動揺していた。

それは、そうだろう。この家に嫁いで以来、わたしが義母に反抗的な態度を見せたのは、これがはじめてなのだから。

「お人好しで不器用なわたしの夫に、社長の器が備わっていないっておっしゃるんでしたら、わたしは、それでもかまいません」

かまわないけど、むかつく。

はらわたが煮え繰り返るほどに。

「ちょっと、直美ちゃん」

「あなたは社長の器じゃないらしいよって、わたしから夫に伝えておきますので」

「ちょ、ちょっと、待ってってば」

「それとっ！」

わたしは義母の言葉をピシャリと制して、ゆっくり顔を上げた。いつの間にか肩で呼吸をしている自分が、なんだか他人のようにも思えた。

義母は、もはや幽霊でも見てしまったかのようなマヌケ面で、わたしを見下ろしている。

「なるべく早く病院に行くよう、強く言っておきますので」

「…………」

「わたしの夫の身体を心配してくださって、どうもありがとうございました」

あえて過去形で言ったわたしは、頬にしずくを伝わせながらも必死に微笑んで、義母をじっと見据えてやった。

呆然《ぼうぜん》とした義母が、いつもよりずいぶんと小さく見える。

なんだ、ちっちゃい奴じゃん。

胸裏でつぶやいたわたしは、

「はあ……」

と、声に出してため息をつき、そのままくるりと踵《きびす》を返して玄関を出た。

義母が慌てて何かを言ったみたいだけれど、わたしはその言葉を背中で跳ね返し、後ろ手でピシャリと引き戸を閉めた。

そして、敷地内をよたよたと歩き出した。

地に足が着いていないのが自分でもよく分かる。

頭のなかは、半分以上が真っ白だ。

わたしは、歩きながら何となく空を見上げた。

さっきまであんなに青かった空が、いつの間にか色を失い、悲しくなるほど白茶けていた。

わたしの心は、むき出しだった。

色のない空さえも沁みて、ひりひりと痛む。

貝殻は、どこに消えてしまったのだろう？

わたしは両手をだらりと垂らしたまま自宅の玄関の前まで歩いた。

玄関の引き戸を開けて、なかに入った。

そして、いつものように、誰もいない家のなかに向かって「ただいま」と言おうとしたとき――、ふいに焼きたてパンのいい匂いがした。

幸せの匂いだ……。

そう思うのとほぼ同時に、わたしの内側で張り詰めていた感情の糸が、プツン、と音を立てて切れた。

薄暗い玄関でひとり突っ立ったまま、サンダル履きのわたしは幼女のように泣いた。


～～


夕方になると、夫が帰宅した。

相変わらずくたびれた顔をして「ただいまぁ」と言うと、ラクな部屋着に着替えるため、そのまま寝室に直行した。

あれから義母は、うちに来るでもなく、電話もしてこなかった。

わたしと関わるのが気まずいのか、あるいは怒りに打ち震えているのか――、はっきりした理由なんて分からないし、知りたくもない。いずれにせよ、わたしは、少なくとも今日だけは、何があろうと義母のことは無視するつもりでいた。

しばらくして、上下スウェットに着替えた夫がリビングに顔を出した。

「いやぁ、胃が痛いっつーのに、腹はしっかり減るんだよなぁ」

とぼやきながらテーブルに着く。

「さっき焼いたばかりの食パンがあるけど、食べる？」

「直美が焼いたの？」

「そう。美味しくできたと思うんだけど」

わたしは、会話が不自然にならないよう心を砕きながら訊ねた。

「じゃあ、トースターで焼いてくれる？」

「オッケー」

食パンのもちもち感を味わって欲しいから、少し厚めにスライスしてトースターに入れた。

「バターは？」

「いる」

いまはまだ、義母とのことは黙っておくつもりだった。これ以上、夫の胃をいじめるようなことはしたくない。でも、本音を言えば、わたしの泣きはらした目に気づいてよ、また埴輪《はにわ》みたいだって笑ってよ、という思いもあるけれど……。

ほぼ三分でパンが焼けた。

わたしはバターをたっぷり塗って夫の前に差し出した。

「いただきます」

食パンの角にかじりついた夫は、すぐに目を丸くした。

「んっ、マジで美味《うま》いな、これ」

「でしょ」

「甘味があるっていうか——、この、もちもち感もすごいね。もう一枚、焼いてくれる？」

わたしは頷いて、踵を返そうとした。すると夫は、どうでもいいことをふと思い出したみたいに、わたしの名を呼んだのだ。

「あ、そういえば直美さ」

「ん？」

「珍しく喧嘩《けんか》したんだって？」

「…………」

誰かの大きな手で食道をぎゅっと握られたようになって、わたしは言葉を失った。

「さっき、会社に電話がかかってきたよ」

電話？

義母が、わざわざ夫のいる会社に——。

「…………」

わたしは胸を詰まらせたまま、人の良さそうな夫の丸顔を見ていた。すると、もぐもぐとパンを咀嚼《そしゃく》しながら夫が言った。

「べつに、俺はいいと思うよ」

「え……」

「たまには、そういうことがあってもさ」

あっけらかんとした夫を見ていたら、むしろ、わたしのなかに、ほんの小さな罪悪感が生じはじめるのだった。

この人の母親に、失礼な言葉を――。

ごめんなさい、と言おうかどうか迷ったとき、夫が先に口を開いた。

「なんだか、俺のこと、必死にかばってくれたんだって？」

「え……」

「専務が言ってたよ、電話で」

夫は「母さん」ではなく「専務」と言ってくれた。

わたしは、その意味を考えながら黙っていた。

「なんか――、ありがとな」

照れくさそうに言った夫は、ふたたび食パンをサクッとかじって微笑んだ。

「うん、やっぱ、美味いわ、このパン」

「何か、飲む？」

わたしはなるべく短い言葉を選んで発したのに、語尾が少し震えてしまった。

「なんだよ、泣くなよ」

「泣いてないよ」

わたしがあえて憮然《ぶぜん》とした顔をしてみせると、夫はむしろ眉をハの字にして小さく笑った。

わたしも釣られてくすっと笑う。

笑いながら、親指で目尻《めじり》をぬぐった。

すると夫は、さらに驚くべき台詞を口にするのだった。

「俺さ、やっぱり、いまの会社、畳もうと思うんだけど」

「え──」

「工場、閉めていいかな？」

そんなこと、急にわたしに訊かれても……。

「あ、もちろん、従業員にも、俺たち家族にも、生活があるからさ。いますぐってわけじゃないけど」

「…………」

「だいたい、一年から二年くらいかけて、少しずつ規模を小さくしていきながら、従業員のみんなをできる限り再就職先に送り込んでいってさ──。まあ、そんな感じで、上手く畳んでいけたらいいなって思うんだよね」

「本気で……言ってるの？」

わたしは、ようやく返事ができた。

「こんなこと、冗談で言えるかよ」

夫は苦笑した。

「それは、まあ、そうだけどさ」

「俺としては、いわゆるソフトランディングってやつができたらいいなって思ってるわけ」

大それた話をしているわりに、夫は恬然《てんぜん》とした顔をしていた。

そういえば――、かつて、わたしがこの人との結婚を考えたのは、こういう鷹揚《おうよう》とした性格に惹《ひ》かれたせいだった気がする。生来、気の小さいわたしとは正反対のおおらかさ。この人と一緒にいれば、未来に多少のことがあっても大丈夫。笑い飛ばしていける。そんな気がしたのだった。

「工場を畳んで、その先はどうするの？」

わたしが訊ねると、夫は残りのパンを口に詰め込んで、ちょっと照れくさそうに答えた。

「俺にだって、一応、やりたいことくらいはあるんだよ」

「え？」

「まあ、どうせ叶わないと思ってたから、これまでは誰にも言わなかったんだけどさ」

夫は、そう言いながら、スウェットのポケットから何かを取り出した。そして、「はい、これ、返す」と差し出したのは、今朝、会社に持っていった水曜日郵便局からの手紙だった。

「悪くなかったよ、その手紙」

「…………」

「それを書いたヒロキって人、ずいぶんと熱い男だよな」

「だよね……」

わたしは、小さく頷いた。

「沈んだ雰囲気の会社でその手紙を読んでたらさ、なんか、こう、俺も、いよいよ決心がついたっていうか——、とりあえずは直美に相談してみようって思えたんだよね」

まさかの展開に、わたしの心が、まだソフトランディングできていなかった。

「念のため訊くけど、からかってるわけじゃないよね？」

「直美もわりとしつこいなぁ。冗談なわけないだろ？」

夫はふたたび苦笑した。

「…………」

「俺たちさ、これまでいろいろと頑張ってきたし、いろんな我慢もしてきたじゃん？

現状の生活のカタチを維持させるためにさ」

「…………」

「でも、そうまでして『カタチ』にこだわる必要あるのかなって思いはじめたわけ」

わたしは、何も言えず、夫の顔を見ていた。

「で、そろそろ夫婦そろってイチから出直すってのもアリなんじゃないかと思ったんだよね」

「イチから……」

「っていうか、まあ、方向転換でもいいんだけどさ」

「…………」

「正直なところ、直美的には、どうよ？」

食パンを完食した夫は、胃が痛いと言うわりに、どこか吹っ切れたような顔をしていた。

夫婦そろって、イチから、もしくは、方向転換——か。

「もちろん、リスキーではあると思うけどさ」

「うん……」

「どうせこのまま工場を続けてても、リスキーなのは一緒だしな」

息子たちの顔が脳裏をよぎった。母親として、息子たちの未来にだけは責任を負いたい。

さらに、伊織と義母の顔もよぎる。

焼きたてパンの幸せな匂い。

ヒロキさんの熱い手紙。

灯台の絵。

その手紙から吹いてきた、どこか清々しい未来の風――。

わたしはゆっくりとその風を吸い込むと、短い言葉に換えて吐き出した。

「じゃあ、仕方ないな」

そう言ったとき、わたしは自分の頬が緩んでいることに気づいていた。

「仕方ない？」

と、小首をかしげる夫。

「うん。わたし、しばらくはパートを続けてあげるよ。だって、方向転換するなら、少しでも収入があった方がいいでしょ？」

「直美……」

「それと、パン教室に通うのも延期にする」

「なんで？」

「今日みたいに、ネットでレシピを探しながら作ってるだけでも充分に楽しいし、勉強にもなるし」

「じゃあ――」

「ん？」

「本当に、いいんだな？　会社を畳む方向で」

夫は真剣な目でわたしの顔を覗き込んできた。

「いいんじゃないかな。っていうか、そもそも、お義父《とう》さんとお義母《かあ》さんの会社だし」

「まあ、そうだよな」

「胃に穴があくほど頑張ってきたしね。だから、もう、ここから先は、好きに生きていいと思うよ。誰の人生でもなくて、自分の人生なんだから」言いながら、わたしは、伊織がわたしに言ってたことと同じことを口にしている自分に苦笑しそうになっていた。「どっちに向かって方向転換しても、わたしなりにサポートするからさ」

夫は、しばらく黙ってわたしを見ていた。

わたしはというと、胸のなかに清々しい風が吹き渡るのを感じていた。本音をまっすぐ口にする、という快感を、この歳にしてあらためて実感できた気もする。

「なんか、悪いな……」

つぶやくように言って、夫はぽりぽりと頭を掻《か》いた。

「そういうときは、ありがとうって言うのが正解らしいよ」

「そうか」

「うん」

「じゃあ、まあ……、ありがとう」

「こちらこそ」

わたしたちは急にくすぐったくなって照れ笑いをした。

「だから、泣くなって」

言いながら、夫がさらに笑みを大きくする。

「泣いてないって言ってるでしょ」

意地を張るわたしも、目尻をぬぐいながら笑った。

「また埴輪になるぞ。ってか、さっきからすでになってたけど」

なんだ、気づいてくれてたんだ——と思うと、夫の揶揄《やゆ》が、いつもより少し愉《たの》しく響く。

「あのさ、夫の夢のためにパートを続けてあげようっていう健気な妻に、そういうひどいこと言う？」

「本当のことを言えるのが夫婦じゃん」

「うわ、余計にひどい」

「あははは」

笑っている夫を見ていたら、ふと肝心なことを思い出した。

「っていうかさ、工場を畳んだあとにやりたいことって、何なの？」

「ああ、それな」

「うん。それ、大事」

「じつはさ、俺——」

そこで夫は、また頭を掻いた。

「喫茶店のマスターってやつに昔から憧《あこが》れてたんだよね」

「えっ……、それ、ちょっと、意外かも」

でも、エプロン姿で喫茶店のカウンターのなかに立っている夫を想像してみると、作業着で工場にいるときよりも、ずいぶんと穏やかな顔をしていそうな気がする。

「俺、大学生の頃にさ、ひとけのない岬の先端にある喫茶店にバイクで行ったことがあるんだよ。で、その店があまりにもいい雰囲気で忘れられないんだよね」

「ふうん。わたし、行ったことないけど」

「じゃあ今度、車で行ってみるか」

「いいね」

わたしは頷いた。そして、考えた。もしも、夫が喫茶店をはじめたなら、そのお店で、わたしが焼いたパンを出せるではないか、と。

それは、ずいぶんと素敵なアイデアに思えた。

でも、そのアイデアを夫に伝える前に——、さっきからずっと埴輪だのとからかわれたことへの仕返しをしたくなって、わたしは悪戯っぽく言ってやったのだ。

「でもさ、喫茶店の経営って、そんなに甘くないんじゃないの？　大丈夫？」

「それを言うなら、パン屋だって甘くないだろ？」

あまりにも正論を返されて、わたしは笑ってしまった。

「あはは。たしかに」

どんな商売であれ、思いつきで成功するほど甘いわけがない。それでも、わたしたち夫婦が気持ちをひとつにして、いままでみたいに頑張れたとしたら、もしかすると——。

「あ、そうだ、わたしね、人生で成功するための三つの秘訣《ひけつ》を知ってるんだけど」

「え、なにそれ？」

「教えて欲しい？」

小首をかしげたわたしの内側には、あの高級な風が吹いていた。

「まあ、うん……」

ちょっと怪訝そうに頷いた夫。

「えっとね――」

わたしはテーブルの隅っこに置いてあったスマートフォンを手にした。そして、写真のアルバムを開くと、伊織の手帳に書かれていた、あの格言の写真を夫に見せた。

「あ、あった。ほら、これ」

夫は身を乗り出して写真を見詰めた。

「なるほどなぁ」

「これ、現在進行形で成功している人の言葉らしいよ」

「そっか。その写真、俺のスマホに送ってよ」

夫は、真顔で言った。

「いいけど、高いよ」

わたしも真顔で返す。

「あはは。オッケー。いくらでも払うよ」

「いくらでも？」

「もちろん、出世払いだけどね」

わたしは小さく吹き出した。

「喫茶店のマスターって、出世するの？」

「当然だろ。ただのマスターからスタートして、最終的には、超ウルトラ・スーパー・デラックス・マスターへと進化する」

「なにそれ。出世じゃなくて進化になってるし」

「じゃあ、ポケモン・マスターだな」

くだらない会話と笑い声がリビングに響いた。

「直美さ、その三つの成功の秘訣って、どこから仕入れたの？」

「これはね」

「うん」

「わたしの高校時代からの――」

知り合い――、
と言いかけた口が、いったん閉じた。

そして、あらためて言った。

「仲のいい友達が教えてくれたんだよね」

「へえ、テニス部の？」

「そう。伊織っていう、優しくて、内面がきらきらした同級生でさ――」

そう言えたとき、とても大きかった胸のつかえがひとつとれた気がした。そして、自分のことが、以前よりもほんの少しだけ好きになれたようにも思えた。

ああ、これは「追い風」の効果かも――。

そう思いつつ、わたしは高校時代のことを夫に話した。よく母とパンを焼いたこと。そのパンを学校に持っていっては、屋上で伊織たちと食べたこと。そして、それがとても幸せな思い出だということ。

話しながら、わたしは夫をぼんやりと見ていた。

この人と——、イチから出直す。

人生の方向転換をする。

リスキーな道を歩き出す。

あるいは、そんな格好いいことを言いつつも、やっぱり怖くなって、いままで通りに生きていく。

なんだか、どれでもいいや、とわたしは思った。

きっと、どれを選んでも正解なのだ。

大切なのは、どの道を選ぶかよりも、むしろ選んだ道を自分たちがどう感じ、どう生きるか——、それと、誰と一緒にその道を歩むのか、だと思えたから。

「俺、じつはさ、コーヒー豆の種類とか輸入のこととか、ネットで調べて勉強してたんだよね——」

ちょっぴり照れながらも、切々と「夢」について語ってくれる夫。

そして、そんな夫をどこか微笑ましく見詰めながら、わたしは頭の片隅で別のことを考えていた。

来週の水曜日に、伊織に手紙を書こう。

きちんとした謝罪文を書いたうえで、水曜日郵便局を利用してみたことと、久しぶりに美味しいパンを焼いたことを伝えるのだ。そして、もしも、わたしを許してくれるのであれば、また高校時代みたいに、わたしの焼いたパンを一緒に食べて欲しいとお願いしてみよう。

小百合に声をかけてもらった同窓会にも一緒に行きたいと伝えよう。そのとき、わたしは、いまの自分の身の丈にあった精一杯のお洒落をして行こう。もちろん、伊織が作ってくれたブレスレットを着けて。

そう決めたとき、ふとテーブルの上にある封筒が目に入った。思いがけず夫まで変えてしまったこの水曜日の手紙は、きっと、これから先も、わたしたち夫婦の人生の航路を示してくれる――、そんな、小さな灯台の明かりであり続けてくれる気がした。

「ってか、おい、直美、俺の話、聴いてる？」

ふいに夫の声がした。

「え？　もちろん聴いてるよ」

「じゃあ、なんで泣いてるわけ？　俺、ぜんぜん泣くようなこと言ってないけど」

夫は、やれやれ、といった感じで苦笑すると、テーブルの上のティッシュを二枚引き抜いた。

「だから、わたし、泣いてないってば」

すっかり泣き笑いのわたしに、夫はそのティッシュを「ほれ」と差し出してくれた。

そして、悪戯っぽい顔をして言った。

「俺、明日が楽しみだわ」

「え、なんで？」

ティッシュで目頭を押さえながら、わたしは訊いた。

「だってさ」

「うん……」

「思い切り進化した埴輪顔が見られそうじゃん」

「もうっ！」

わたしはティッシュを丸めて夫に投げつけた。

清々しいほどの泣き笑いで。

# 5章　今井洋輝の遺書

五月の夜空に、おぼろな満月が浮かんでいた。

通い慣れたスーパー銭湯の露天風呂《ぶろ》にまったりと浸《つ》かりながら、ぼくはその月を見上げ、短いため息をついた。

「ふう……」

すると、頭に手ぬぐいをのせた小沼が、こちらを見て言う。

「今井、少し痩《や》せた？」

「しばらく体重計にはのってないけど……。でも、少し痩せたかも。ベルトの穴がひとつ変わったし」

「そうだろ。顎《あご》のラインがシャープになってるよ」

「それ、褒めてるのか？」

「いや、半分けなしてる」

小沼が冗談めかして言った。

「こんにゃろ。でも、まあ、正直なところ、最近ちょっと忙し過ぎて、やつれたってのが正解かもな」

「だよな。って、忙しくさせた俺が言うのもアレだけどさ。でも、ほんと、今回の仕事は、今井の筆が速くて助かったよ」

仕事をもらって助けられているのは、むしろこっちの方なんだけどな……。

そう思いながら、ぼくは「とにかく、ぎりぎり間に合って、ホントよかった」と苦笑してみせた。

つい先日のこと――、小沼からイラスト原稿を二〇点もまとめて頼まれて、それを大急ぎで仕上げたのが、まさに締め切り直前、徹夜明けの今朝だったのだ。

人生とはつくづく不思議なものだ。

あれほどフリーのイラストレーターをやっている小沼を羨《うらや》み、妬《ねた》んでいたというのに、いまは小沼が編集プロダクションに勤めてサラリーマンに戻り、逆にぼくは会社を辞めて小沼からイラストの発注を受けているのだから。

「ギャラが安くて悪りいな」

小沼は、こめかみをぽりぽり掻《か》きながら言った。

「いいよ。近いうちに、もっといい仕事を回してくれれば」

今度はぼくが冗談めかして言う番だった。

「あはは。オッケー。あ、これはマジな話だけどさ、たぶん、再来月あたりから上場企業のPR情報誌を作る仕事が取れそうなんだよ。それが決まったら、今井にもいい仕事を回せると思うよ」

生活苦が続いたフリーランスを辞めてから、みるみるふくよかになった小沼が、

「そんときは、また頼むわ」と、ぼくの肩を叩《たた》いて小さく笑った。

「オッケー。でも、大急ぎはやめてな」

「イラストの仕事なんて、たいてい大急ぎだから、心配すんな」

小沼はイタズラ坊主みたいな顔で言う。かつてはフリーを満喫していたこの「才能の塊」も、二ヶ月後には結婚し、五ヶ月後には父親になる。家族を持つということへの責任感が、小沼を「自由」から「安定」へと鞍替《くらが》えさせたのだ。

その気持ち、痛いほど分かる。

「結局、急ぎかよ」

「あはは。まあ、なるべく早めに発注するよ」

「それなら、じゃんじゃん回してくれ」

「なるべく、な。でもさ、フリーは仕事が途切れるとヤバいから、俺からだけじゃなくて、いろんなところから仕事をもらえるようにしとけよ」

小沼は元フリーランスとして先輩風を吹かせるけれど、しかし、この言葉には経験

者の重みがある。だから、ぼくは素直に頷《うなず》けた。

「ああ、そうするよ」

「フリーになるのは簡単だけど、フリーで喰《く》い続けるのは大変だからさ」

「分かってるよ。お前がさんざん四苦八苦してるのを見てたんだから」

「あはは。ならいいけど」

納得した様子の小沼は、肩までゆったりとお湯に浸かり、「ふう〜」と満ち足りた息を吐いた。そして、月を見上げながら感慨深げな声を出すのだった。

「それにしても、今井があの会社を辞めるとはなぁ」

「その要因の半分は小沼にあるんだからな」

ぼくは苦笑しながら返す。

「まあ、そうだけどさ」

「それに、俺が会社を辞めたのなんて、もう半年も前のことだし。いまさら、しみじみ言うなって」

「えっ、もう半年になる？」

「なるよ」

九ヶ月ほど前のこと――。

ぼくは勤めていた会社に育児休暇の取得を申し出た。しかも、まるまる一年間、限度いっぱいの休暇を。

もちろん、周囲から反発を喰らう覚悟はできていたし、予想していたとおり、上司や役員たちからは「どうして男のお前が」としつこく咎《とが》められた。

いちばん困ったのは、クライアントから白い目で見られたり、呆《あき》れられたりしたことだった。それでもぼくは、なんとか初志貫徹の態度を取り続け、仕事の引き継ぎもきちんとこなし、そして、やや強引ながらも長い育児休暇に突入したのだった。

じつを言うと、その一年間という限られた「休暇」のあいだに、ぼくにはぜひともやり遂げたい目標があった。

妻となったカッキーと、生まれたばかりの息子の洋太《ようた》との時間を慈しみながら、その一方で、絵本の原稿を描き上げようと目論《もくろ》んでいたのだ。

妻とともに、はじめての育児を味わいつつ、夢のある仕事にも本気で勝負をかけてみる。そういう一年にしたかったのだ。

妊娠中、カッキーは、ぼくにこう言った。

「人の寿命なんて、せいぜい八十年そこそこだもん。そのうちのたった一年くらい、ヒロくんが夢に向かって本気で勝負をする時期があってもいいんじゃない?」

フリーのイラストレーターになり、ゆくゆくは絵本作家になる。それが、かつてのぼくの夢だったと、カッキーは知っていたのだ。

さらにカッキーは、膨らんだお腹をさすりながら、ちょっとおどけるようにこう言ってくれた。

「わたしとこの子のためにヒロくんが夢を追えなかった――なんて思ったら、罪悪感で辛《つら》くなるのは、むしろわたしたちだからね」

その言葉で、ぼくは腹を括《くく》ったのだ。そして、育児休暇のあいだに、ひとつ勝負をかけてみようと決めたのだった。

すると、ちょうどその頃、恋人との結婚が決まった小沼がフリーランスをやめて、編集プロダクションに就職し、線画を得意とするイラストレーターを探しはじめたのだった。小沼は、ぼくが長期の育児休暇を取ったと知るなり、「ギャラは安いけど、イラストを描いてくれないか」と、仕事の話を持ちかけてきた。しかも、「できれば、コンスタントにイラスト仕事を発注したいんだよ。お前なら、フリーでもやれると思うからさ」と真顔で頼み込んできたのだ。

ぼくとしては、自分より腕のいい小沼からイラスト仕事を依頼されるのは妙な感じがしたけれど、身を焦がすほどフリーランスのイラストレーターを夢見ていた身としては、ある意味、渡りに船でもあった。

カッキーに背中を押され、育児休暇も取れて、そして、このタイミングで小沼から仕事の依頼がきたのだ。これは神様がくれたチャンスに違いない――、と都合のいいように捉《とら》えたぼくは、プロとして小沼の依頼を受けることにした。そして、それを契機に、思い切って会社を辞めたのだった。

そんなわけで、家族を持つことへの責任感からサラリーマンに戻った小沼と、家族を持っているのに一念発起してフリーになったぼくとの間に、思いがけない需要と供給の一致が生まれたのだ。

正直いえば、せっかく夢だったフリーのイラストレーターになれたというのに、ぼくは未《いま》だその喜びに浸れてはいなかった。なぜなら、この半年間、生まれたばかりの洋太の育児と、イラストの締め切りにひたすら追われまくっていて、あっぷあっぷの毎日が続いてきたからだ。

もっと言えば、来月もちゃんと収入を得られるだろうか？　再来月の生活は大丈夫か？　などと考えはじめると、お腹の底に黒々とした不安の靄《もや》が渦巻きはじめてしまうし、クライアントに無意味な描き直しや修正を言い渡されるとストレスで胸が悪くもなる。

ひどいときは、先方のわがままのせいで、三日で四時間しか眠れないこともあったし、そんな過酷な労働の割に、ギャラが信じられないほど安かったりもした。

やっぱり、サラリーマンでいた方がよかったんじゃないか……。

と後悔しかけたことも、わずか半年のあいだで幾度もあった。

サラリーマン時代には考えもしなかったけれど、夢は、叶《かな》えた瞬間から甘やかなお菓子ではなくなり、むしろ厳然たる「プロの責任」を引き連れて、ぼくにぐいぐいと迫ってくる圧力そのものになったのだ。

「なあ、小沼」

「ん？」

「編集って、おもしろいか？」

ちょっといじわるな質問になっちゃうかな、と危惧《きぐ》しつつも、ぼくは興味本位で訊《き》いてみた。

「うーん、まあ、大変ではあるけど、けっこうおもしろいよ。いいものを創るっていう仕事の楽しさは、絵描きのときと同じだしね」

「そっか」

「今井は、どうよ？　イラストレーターってのは、おもしろくもあり、大変でもあるだろ？」

「たしかに……。っていうか、正直、想像以上に大変だったかなぁ」

思わず、本音がこぼれた。

「あはは。俺がよく『一長一短だよ』って言ってた意味、分かっただろ？」

「うん、分かったよ」

というか、もはや痛感している日々だ。

「ホント、一長一短なんだよ――」

小沼は月に語りかけるように言うと、そのまま両手を夜空に突き上げた。

「さーて、そろそろ上がるか」

「あれ？　長風呂の小沼にしては、早いね」

「じつは俺、帰ってからゲラをチェックしないといけなくてさ」

「え、これから？」

「うん。本当は、久しぶりに今井と打ち上げでもしたいところなんだけどさ。悪りいな」

「いいよ。俺も帰ってから色々とやることがあるし」

ぼくらは露天風呂のなかで立ち上がった。

五月の夜風が吹いて、火照った身体を冷ましてくれる。

ふと見上げると、満月が薄雲に隠れつつあった。

小沼が先にお湯から上がり、露天風呂の出口に向かって歩き出した。ぼくも、それに続く。

以前よりぽっちゃりとした親友の背中は、それがそのまま結婚を控えた男の「安定と幸せの証《あか》し」に思えてくる。

ぼくは自分のあばら骨を見下ろして、うっかり小さなため息をこぼしてしまった。

一長一短は、分かる。

でも、となりの芝はいつだって青いらしい。


〜〜


スーパー銭湯を後にしたぼくは、小沼と別れ、風呂上がりの夜風を堪能《たんのう》しながら我が家のある賃貸マンションへと帰宅した。

「ただいまぁ」

と言いつつ玄関で靴を脱ぎ、リビングに入っていくと、カッキーが唇の前に人差し指を立てて、こちらを見ていた。

「しー」

ちょうど洋太が寝付いたところらしい。

ぼくは無言のまま頷き、右手でオーケーサインを作った。そして、忍び足で照明を落としたとなりの寝室へと入っていく。

木製のベビーベッドをそっと覗《のぞ》き込むと、洋太がすやすやと寝息を立てていた。

ぷくぷくした赤い頬、ふわふわの髪の毛、小さな身体の小さなパーツたち……。

息子の寝顔が愛くるしくて、思わず抱き上げたくなるのだが、ここは我慢だ。ようやく寝かしつけたカッキーが、ホッと一息ついているところなのだから。

ぼくは後ろ髪を引かれる思いで寝室を出て、そっと引き戸を閉めた。

「小沼さん、元気だった？」

風呂上がりで髪をアップにしたカッキーが、キッチンから小声で話しかけてきた。

「うん。あいつは相変わらずだよ。どこで何をやってても愉《たの》しんじゃうタイプだから」

ぼくも声のトーンを落として答える。

「うふふ。たしかに、そういうタイプに見えるよね」

「でしょ」

「わたし、コーヒー淹《い》れるけど」

「あ、俺も飲む」

「オッケー」

カッキーがキッチンでお湯を沸かしはじめた。

ありがたいことにカッキーは、出産後も純喫茶「昭和堂」に復帰させてもらい、以前と変わらぬ「雇われ店長」として働いている。しかも、お店からこのマンションまでは歩いて五分の距離だから、昼間、ぼくが洋太の育児をしているあいだに万一のことがあったとしても、カッキーはすぐに駆けつけられるのだ。そういう意味で、ぼくもカッキーも安心して日々を過ごせているところがある。

実際にやってみて分かったのだが、ぼくは「パパ業」と「主夫業」があまり苦にならないタイプらしかった。もちろん、はじめての育児だから分からないことだらけだし、あっぷあっぷすることも多いのだが、それでも、その役割が嫌いか？　と問われれば、わりと好き、と答えられるくらいの自信はある。

夕方、カッキーが仕事から帰ってきてからは、手の空いている方が家事をし、洋太の面倒をみることになっている。あえて、きっちりとしたルールはつくらず、そのとき、そのときで、やれる方がやればいいじゃん、というゆるいスタンスでいるのだ。のんびりとしたぼくら夫婦には、こういうペースが性に合っているのだと思う。

ちなみに、最近のぼくらのモットーはというと、

襤褸《ぼろ》を纏《まと》えど心は錦《にしき》——。

ということになっている。

とはいえ、ぼくとしては、金銭面の不安からは一刻も早く逃れたいと願っている。でも、フリーランスになってまだ半年の状況では、この先、どうなることやら……、というのが正直なところだ。

キッチンで、ピュー、と音が鳴った。

コンロにかけていたやかんのお湯が沸いたのだ。

カッキーが素早く火を止めてぼくに訊く。

「深煎《ふかい》りの豆でいい？」

「うん、いいね」

さっそくカッキーがプロの手技でコーヒーを落としはじめた。

ぼくは、その様子をリビングのテーブルから眺めている。

部屋に漂う馥郁《ふくいく》とした香り。

結婚して三年が経ったいまでも、ああ、ぼくはこの女性《ひと》と結婚したんだなぁ……、と頬杖《ほおづえ》をつきたくなる瞬間だ。

やがて、かぐわしいコーヒーがテーブルに運ばれてきた。

「サンキュー」

「うん」

ぼくらは、すっきりとした苦味のあるコーヒーを飲みながら、小声で他愛もない会話をした。洋太を起こさないよう、最近はほとんどテレビをつけないから、むしろ会話のリズムがいい。

リビングの小さなサイドボードの上には、結婚式と新婚旅行と洋太が生まれたときの写真が飾られている。さらに、その上の白い壁にも、洋太を中心とした家族の写真がピンでたくさん留められている。そのほとんどはカッキーが撮ったものだから、どれもやさしい光があふれたような、素敵な写真ばかりだ。

ぼくは、それらの写真のなかに、見慣れない一枚を見つけた。その写真について訊《たず》ねようと思ったら、カッキーが先にしゃべり出していた。

「ねえヒロくん、最近ちょっと痩せた？」

「そうかも。さっき、小沼にも同じことを言われたよ」

「ずっと忙しいもんね……」

「フリーランスは忙しいことが幸せなんだって、昔、よく小沼が言ってたけどね」

「そりゃそうだけど、でも、限度があるよ」

「まあね。でも、まあ、フリーになって一年目だからさ、ある程度、安定感を持たせられるまでは、必死にやってみるよ」

「小沼さんに頼まれた二〇枚のイラストは終わったんでしょ？」

「うん。朝までかかったけど、なんとか」

「じゃあ、今夜はゆっくり寝られるの？」

シンプルな白いコーヒーカップを手にしたカッキーが、心配そうな顔をして小首をかしげる。

「寝てもいいんだけど――」

「例の絵本？」

「うん」

ぼくとしては、空いた時間が少しでもあれば、なるべく筆をとって、絵本のラフを完成に近づけたいのだ。

「そっかぁ。徹夜明けなんだから、あんまり無理はしないでよ？」

「そうだね。ほどほどにするよ」

と頷きながらも、内心では、いまは少しくらいの無理はしてもいい、と思っていた。一日でも早く、絵本を出せるレベルの絵描きになって、家計に安定感をもたらしたいからだ。そうでなければ、カッキーも将来が不安だろうし、そもそも小心者のぼくが先に不安に押しつぶされてしまうかも知れない。

描きかけの絵本のラフを思い出しながら、ぼくはコーヒーに口をつけた。苦味に角のない、やさしい味わいだ。

「いま描いている絵本って、どんな内容なの？」

「うーん……、ざっくり言うと、ふしぎな森に棲《す》んでいる動物の子供たちが活躍する、ちょっとした冒険物語かな」

「へえ。なんか、可愛らしい感じだね。ラフができたら見せてよ」

「いいよ」

と、ぼくは頷いた。

絵本のタイトルは『こぐまのドンちゃん』にしようと思っている。カラフルなキノコで彩られた「キノコの森」で、こぐまのドンちゃんが仲間たちと愉快かつ感動的な冒険を繰り広げる――はずなのだが……。

「でもさ、俺の頭のなかで可愛いキャラクターはイメージできてるんだけど、物語が、こう、いまいち上手《うま》くいかないんだよなぁ。どうしても長くなっちゃって」

「短い文章に起承転結をつけるって、難しそうだもんね」

「そうなんだよ。だから、なるべくシンプルな物語に仕上げるのが、いまの課題かな」

「そっか。でも、うん、大丈夫。ヒロくんなら絶対にできるよ」

静かに言って、カッキーが目を細めた。

カッキーが微笑むと、テーブルの上にはいつもふわふわした楽天的な空気が漂いはじめる。もしかすると、この空気がなかったら、ぼくはフリーランスなんてやっていられないかも知れない。それくらい、カッキーのおおらかな性格に助けられている気がする。

「とにかく、俺なりに頑張ってみるよ」

「うん」

「ラフが描けたら、小沼に編集者を紹介してもらえることになってるから」

「あらためて、小沼先輩サマサマだね」

冗談めかしたカッキーは、そのまま「ふああ〜」とあくびをした。釣られてぼくも「ふああ〜」とやって、ずっと寝不足が続いている二人はくすくすと笑い合った。

やがてコーヒーを飲み終えたカッキーは、「じゃあ、わたし、そろそろ寝るね」と言って、空いたカップを流しに持っていった。

「オッケー。俺は、少し描いてから寝るわ」

「うん」

頷いたカッキーは、そのまま洗面所へと消えた。

ぼくは、深呼吸をひとつして、ぼんやりと壁の写真たちを見詰めた。

さっきカッキーに訊きそびれた新しい写真は、床に仰向《あおむ》けになったぼくの胸の上に、うつ伏せの洋太が乗っている、とてもいい写真だった。ほんわかとしたクリーム色の光のなかで、ぼくと洋太がにっこり微笑みながら見詰め合っているのだ。

それにしても、いったい、いつの間に、こんな写真を撮ったのか。ぼくは、それを訊こうと思っていたのだ。

洋太が生まれてから、カッキーの写真の撮り方は明らかに変わったと思う。かつてのカッキーは、被写体を決めたらしっかりと構図を作り込み、露出やシャッタースピードやレンズなどを丁寧に合わせて撮影していたのだが、最近はその真逆で、ふとした瞬間にさりげなくシャッターを切っている。そのせいか、被写体の表情がとても自然なのだ。

洗面所からドライヤーの音が聞こえてきた。

俺も、成長しないとな——。

よし。

と胸裏で気合いを入れたのに、また、あくびを漏らしてしまった。

～～

指定された喫茶店は、古書店街の裏通りにあった。

ぼくはひとり窓際の席に座り、文庫本を開いて編集者を待っていた。

腕時計を見ると、すでに約束の午後二時を三分ほど過ぎていた。

窓の外は、生ぬるい霧雨に覆われていて、ビルの壁も、アスファルトも、しっとり濡《ぬ》れて光っていた。

微細な雨滴は、風のなすがまま真横に流されている。

これじゃ、傘をさしても意味がないよなぁ——。

と思ったとき、ブルーの傘をさした女性が窓の外を足早に通り過ぎた。

コロン、コロン。

すぐに店のドアベルが鳴り、店内に入ってきたのは、まさにそのブルーの傘の女性だった。

きょろきょろと狭い店内を見回した女性は、胸にグレーの封筒を抱えていた。メールで打ち合わせたとおり、その封筒には出版社の名前が印刷されていた。

ぼくは椅子から立ち上がった。

すぐに女性と目が合い、軽く会釈を交わし合う。

「すみません、前の打ち合わせが長引いちゃって」

眉《まゆ》をハの字にしながら、女性がぼくの前に立った。

細身のジーンズにオレンジ色のTシャツ。茶色く染めた髪は短めのボブで、ちょっと不自然なくらいに大きな鼈甲《べっこう》のメガネをかけていた。なんだか女子大生を彷彿《ほうふつ》させるようないでたちではあるけれど、おそらく年齢は、ぼくより十くらい上の、四十代なかばだろう。

「いえ、大丈夫です。ぼくもいま来たばかりなので」

短いやりとりのあと、互いに「はじめまして」と言いながら名刺を交換した。

絵本と児童書専門の出版社として知られる「宮下《みやした》書房」の編集者、夏川理恵《なつかわりえ》さん。

頂いた黄色い名刺には、会社のシンボル、キリンのシルエットが描かれていた。

夏川さんに「座りましょうか」と促され、ぼくは椅子に腰掛けた。

オーダーをとりにきたウエイトレスにアイスコーヒーをふたつ頼むと、夏川さんは

「じゃあ、さっそく——」と言って、社名が印刷された封筒のなかから十数枚の紙を抜き出した。そして、小さなテーブルの上に広げた。

ぼくが描いた絵本のラフのコピーだ。

「小沼さんからはラフだって聞いてたけど、けっこうしっかり描き込んでくれたんですね」

じつは先週、ようやく仕上がったラフを夏川さん宛てに送らせてもらったのだ。仲介してくれたのは、もちろん小沼だった。

「あ、はい。絵本のラフは初めてだったので、どこまで描けばいいのか分からなくて、つい……」

両膝《りょうひざ》に手を置いたぼくは、自分の背筋が無駄に伸びていることに気づいた。いい歳をして、面接を受ける若者みたいに緊張していたのだ。

夏川さんに気づかれないよう、ぼくはそっと深呼吸をした。

「絵本は、まったくの初めて？」

「はい」

「ああ、そうなんだ。小沼さんがね、今井さんのこと、すごく絵の上手な人だって言ってたけど」

夏川さんの口調がいきなり砕けた。評価する者とされる者、ベテランと新人——、上下関係をはっきりと示されたような気がして、ぼくの背筋はいっそう伸びてしまう。

「たしかに味のある絵だなって。わたし、こういうタッチの絵、けっこう好きかも」

「ありがとうございます」

「ただ」

「…………」

「物語が、これでいいのかどうか」

「と、言いますと……」

「ええと、初対面なのに言葉を選ばずにズバリ言っちゃうと」

「はい」

「ちょっと、ありがちかな？　っていうか、内容が薄い？」

疑問形で言いながら、夏川さんは正面からぼくを見た。ぼくは、どう答えていいものやら分からず、「はあ……」としおれたような声を出してしまった。

「どこかで見たような……既視感があるというか」

「そう、ですかね」

「うん。何か、参考にした絵本って、ある？」

「あ、ええと、じつは、ぼくが子供の頃に大好きだった絵本がありまして」

「うん」

「タイトルは忘れちゃったんですけど、いつも虹が架かっている『虹の森』で、パンダ模様のウサギが冒険する話です」

「ああ、それ、知ってる。ミミっちでしょ？」

「あ、そうです。それです」

「なるほどね、あの絵本を参考にしたわけね」

「はい……」

「今井さんの物語に足りないモノ――、ちょっと分かった気がするんで、それを含めて、いろいろ指摘させてもらいますね」

夏川さんは、自信満々といった目でぼくを見た。

「えっと、はい。宜《よろ》しくお願いします」

「端的に言うとね、今井さんが描いたこの絵本を、どんな人に、どう読んで欲しいのか？　そういうメッセージ性みたいなものが含まれていないから、この物語は内側から輝いてこないんだと思うんですよねぇ」

「はあ……」

「例えば、こういうところを変えて欲しいの」

夏川さんが、表紙の絵をめくった。

すると、赤ペンの文字がびっしりと書き込まれたラフが顔を出した。

ここが駄目で、あそこも駄目。

これはザクッとカット。

逆に、ここにはエピソードを加えるべき。

この文章は冗漫すぎる。

そっちとこっちの絵は入れ替えて。

この文章表現は子供には分かりにくいので書き直し。

ページをめくっても、めくっても、ラフの画面は真っ赤にされていた。時折、褒め言葉も書かれていたけれど、それらはすべて絵についての評価で――、つまり、物語そのものはけちょんけちょんなのだった。

正直いえば、このラフは、ぼくなりに真剣に悩んで生み出したものだし、しかも、そこそこ自信のある物語だっただけに、夏川さんの口から容赦なく飛び出す酷評のひとつひとつは、ぼくの胸に棘《とげ》のように刺さった。そして、赤字についての説明はまるで、ぼくの才能の無さを隅から隅まで丁寧に検証していくような、そんな作業にすら思えたのだった。

打ち合わせをしているのか、指導を受けているのか、こき下ろされているのか、ぼくのなかですっかり分からなくなりかけたとき――、

「お待たせしました。アイスコーヒーになります」

ウエイトレスがラフの紙と紙の隙間にグラスをふたつ置いて、去っていった。

それでいったん、夏川さんの口が閉じられた。

ホッとしたぼくは、思わず「ふぅ」と息を吐いていた。

そんなぼくを見た夏川さんは、眉をちょっと上げて、小さく苦笑した。

「あ、一応、言っておきますけど」

「え？　あ、はい」

「箸《はし》にも棒にもかからないような作品には、こんな風に細かく赤を入れたりはしないし、わざわざ時間を作って会ったりもしませんからね」

「え？」

「しょーもない作品は、即行でゴミ箱にポイです」

そう言って夏川さんは悪戯《いたずら》っぽく笑った。そして、アイスコーヒーにミルクとガムシロップを入れると、ストローでくるくる回しはじめた。

「じゃあ、えっと、ぼくの作品は――」

「現状では、まだ出版できるレベルにはないですけど、今後の可能性はゼロではない、かな」

ホント、はっきり言う人だよなぁ、とぼくはため息をこらえた。すると、回していたコーヒーをひとくち飲んだ夏川さんが、まっすぐにこちらを見据えた。

「わたしね、やさしい嘘を言って、相手に無駄に期待させちゃう方が、むしろ失礼だと思うんです。だから、ぜんぶ本音でお伝えしますから」

「はい……」

「今井さんも、わたしの意見を聞いて、それは違う、と思ったら、そのままそう言ってくださいね。その方が、結果、いい本になると思うんで」

「いい本……」

「そうです。どうせ作るなら、最高の本を作らないとね」

「はい……」

「著者のためではなく、ましてや編集者のためなんかではなく」

「……………」

「すべては、本のために——、で行きましょう」

本の、ため？

「読者のため、じゃないんですか？」

ぼくが訊いたら、夏川さんはきっぱりと頷いた。

「最高の本が作れたら、それはそのまま読者のためにもなるでしょ？　逆に、最高の本じゃなかったら、読者に失礼だと思いません？」

なるほど。

「たしかに、そうですね」

答えて、ぼくは深く頷いた。

無数に刺さった棘のせいで、まだ胸はチクチク痛んでいるけれど、この瞬間、ピンと伸び切っていた背筋に芯《しん》が通った気がした。

すべては、本のために——。

ぼくがアイスコーヒーをひとくち飲んだのを見計らって、夏川さんは「それじゃあ、次のページに行きますけど——」と言い、ラフの描かれた紙をめくった。そして、ふたたび、ぼくの胸にチクチク刺さる駄目出しの嵐を吹かせはじめたのだった。


服にしっとりまとわりつくような霧雨のなか、ぼくは傘をささずに帰宅した。

「あ、おかえり」

リビングの椅子に座ってこちらを振り向いたカッキーは、ぐずる洋太をあやしているところだった。

「打ち合わせ、どうだった？」

「うーん……」と首をひねりながら、ぼくも向かいの椅子に腰掛ける。そして、夏川さんの赤字がびっしり入ったラフ原稿をテーブルの上に広げて、「こんな感じになったよ」と苦笑してみせた。

「うわ……。真っ赤だね」

「ヤバいでしょ」

このヤバさが伝わったのか、カッキーに抱かれた洋太が小さな手足をバタつかせた。

「はいはい。だいじょうぶ、だいじょうぶ」

カッキーは洋太の小さな背中をぽんぽんやさしく叩きながら言ったのだが、その言葉は、なんだかぼくに向けられているような気もした。

だいじょうぶ、だいじょうぶ。

「ねえ、これ、ぜんぶ修正するってこと？」

カッキーが顔を上げて言う。

「いやぁ、すべて赤字どおりに直したら、もう、元の物語とはまったく違う話——っていうか、そもそも物語が破綻《はたん》しちゃうと思うんだよね」

かといって、修正しないまま夏川さんに再提出するわけにもいかない。

「だから、まあ、この物語は……ボツかな」

「そっかぁ。あんなに頑張って描いたのに……」

ため息みたいな声を出して、カッキーは斜めに抱いた洋太を見下ろした。

　ぽん、ぽん、ぽん……。

　小さな背中をやさしく叩くリズムが、少しゆっくりになった気がした。

「あ、でもさ——」ぼくは、あえて少し張りのある声を出した。「可能性は、ゼロじゃないって言われたから」

「え？」

「編集者って忙しいじゃん。だから、箸にも棒にもかからないような作品には、そもそも赤字を入れたりはしないんだってさ」

　カッキーの目に、かすかな光が灯《とも》る。

「え、じゃあ——」

「とりあえず、チャレンジしてみる価値はある——、かも知れないって感じかな」

「かも知れない、なの？」

「まあね。ゼロじゃないっていうのは、正直、それくらいのレベルだと思う」

　あの駄目出しの嵐から察すると、せいぜい、そのレベルだろう。

　洋太が少し落ち着いてきた。

　それでもカッキーは、小さな背中を一定のリズムで叩きながらぼくを見る。

「ヒロくん、大丈夫？」

「え？」

「ちょっと、落ち込んでない？」

「あはは。ストレートに訊くなぁ」

落ち込むというよりは、無数の棘が刺さったままの胸がひたすら鈍く痛んでいて——、正確に言うと、自信を失いかけている、ということなのだと思う。

「コーヒー」

「ん？」

「淹れてあげよっか？」

カッキーが励ますように微笑んでくれた。

「あ、うん。頼むわ」

いまは、慰めの言葉よりも一杯の美味《おい》しいコーヒーの方が心を癒《いや》してくれる気がする。

ぼくは、立ち上がったカッキーから洋太を受け取ると、同じように小さな背中をぽんぽんとリズミカルに叩きはじめた。最初は少しぐずった洋太も、おしゃぶりを咥《くわ》えさせると眠くなってきたのか、徐々に大人しくなってくれた。

しばらくすると、キッチンからいい香りが漂ってきた。

ぼくは、洋太を刺激しないよう、低めの声で言った。

「そういえばさ、編集者に、こんなことを言われたんだよね」

「え、なんて？」

コーヒーを丁寧にドリップしているカッキーは、手元を見下ろしたまま返事をする。

「俺の描いた絵本を、どんな人に、どう読んで欲しいのか。そういうメッセージ性みたいなものが含まれていないから、この物語は内側から輝いてこないんじゃないかって」

「どんな人に、どう読んで欲しいのか……」

カッキーは手元を見たまま、ぼくの言葉を繰り返した。

「そう。でもさ、どんな人にって、絵本の読者なんだから子供に決まってるじゃんね？」

ぼくが、ちょっぴり愚痴っぽく言うと、ふいに何かひらめいたようにカッキーが顔を上げた。

「あ、だったらさ、未来の洋太に向けて描いたらいいんじゃない？」

「え……」

ぼくは、腕のなかの小さなぬくもりを見下ろした。

なるほど。それは盲点だった。

「パパが自分のために描いてくれた絵本があるなんて、未来の洋太はすごく幸せだと思うよ」

「それ……、いいかもな」

「でしょ?」

カッキーに、いつもの笑みが戻り、ふたたびドリップをはじめる。

少しホッとしたぼくは、さらに考えた。

そして、ちょっといいアイデアを思いついたのだ。

「俺さ、いま、どんな人に、どう読んで欲しいのか——、両方の答えが出た気がする」

カッキーはコーヒーのドリップに集中しながら、「どんな答え?」と訊ねた。

「未来の洋太に、パパからの『遺書』だと思って読んで欲しい——ってのは、どうかな?」

「遺書?」

ドリップを止めて、カッキーが顔を上げた。

「そう。遺書」ぼくは、くすっと笑って続けた。「もちろん、まだ死ぬつもりなんて毛頭ないけどさ。でも、万一、俺が不慮の事故で死んだとしても、絵本に込めた『幸せの本質』みたいなものが洋太に伝わったら最高じゃん? パパから洋太へ、いちばん伝えておきたいことがしっかり込められてる。そういう絵本を描こうと思って」

「そっか。それで、遺書か——」

「俺が絵本に込めたメッセージをしっかりと胸に刻んだ洋太は、その後も、ずっと幸せな人生を歩んでいける。そういう絵本」

「それ、素敵かも。いつか洋太に子供ができたら、その子にも読み聞かせをしてあげて……」

「ああ、そうなったら最高に嬉《うれ》しいなぁ」

本当にそういう作品を描き上げられたとしたら、きっと洋太や孫たち以外の、多くの子供達の心にも残るような作品になりそうな気がした。

「うん、それ、絶対にいいと思う」

しっかり頷いたカッキーは、「じゃ、決まりだね」と微笑んで、ふたたびコーヒーを落としはじめた。

キッチンから漂ってくる香ばしい匂い。

ぼくは、その匂いを鼻から深く吸い込んだ。

そうしていると、ついさっきまで胸に刺さったままだった無数の棘の半分ほどが霧散した気がした。

ぼくの絵本は、遺書——。

あの容赦ない夏川さんの顔を思い出すと、正直、まだ自信は持てそうにないけれど、でも、絵本の方向性が見えたいま、自分のなかでふつふつと創作意欲が高まってきたことは間違いなかった。

ふたたび洋太を見下ろす。

腕のなかの小さな未来の読者は、ゆるくまぶたを閉じて、おしゃぶりをちゅぱちゅぱ吸いながら、夢のなかへと遊びに出かけたようだった。

〜〜

カッキーと洋太が寝静まったあと、ぼくはリビングのテーブルの上にコピー用紙の束を置き、あらためて絵本のラフ制作に取り掛かっていた。

チ、チ、チ、チ……、と壁の時計が夜の深さを主張する。

とりあえずは、物語の設定とあらすじをひねり出さねばならない。

シャープペンシルをくるくる回しながら、ぼくはじっと宙空《ちゅうくう》を見つめ、あれこれとイマジネーションを展開していく。

洋太に残す遺書。

描くテーマは、幸せの本質。

できれば、三歳くらいの幼児でも理解できる物語にしたい。

登場するキャラクターは可愛らしく、親しみやすく、子供達に愛されるものにすべきだろう。

悶々《もんもん》と考えていると、となりの部屋から微《かす》かな声が聞こえてきた。

洋太の声だ。

我が家の間取りは2DKで、リビングの引き戸を開ければ、すぐとなりが寝室になっている。ぼくはその引き戸をそっと開けて、暗がりのなかベビーベッドに近づいた。ぼくに気づいた洋太が、また声を出す。

やさしく洋太を抱き上げたぼくは、すぐに寝室から出て、音を立てぬよう引き戸を閉めた。

「ふう、よしよし」

ついさっき授乳を終えたばかりだ。もうしばらくはカッキーを寝かせておいてやりたい。

洋太が生まれてからというもの、授乳をするカッキーは三時間と続けて寝られたためしがないのだ。そして、そのとなりで寝ているぼくも、ずっと寝不足状態に陥っている。

「どうした洋太、目が覚めちゃったのか？」

ひそひそ声で話しかけると、洋太が「あぅあぅ」と声を出した。どうやら返事をしてくれているようだ。

「そうか。じゃあ、洋太はパパとお話をしたくなって、パパを呼んでくれたのかな？」

言いながら、ぼくはスリングを肩から斜めにかけ、洋太をそのなかにすっぽりと入れた。これを使うと抱っこをしても疲れにくくなるので助かっている。

「パパはさ、いま、洋太のための絵本を描いてるんだよ。って、まだ、あらすじも書けてないけどさ」

スリングの上から、洋太の背中をぽんぽんと優しく叩いてやる。

あうあうと返事をする洋太からは、あまやかな母乳の匂いがする。

ぼくは、ゆっくりと揺りかごのようにスリングを揺らした。

「なあ洋太。パパ、絵本をちゃんと出せるかなぁ?」

何げなく訊いたその刹那《せつな》、洋太は、つやつやと光る無垢《むく》な瞳《ひとみ》でぼくをじっと見詰め、ふいにニッコリと笑った。

瞬間、ぼくの胸は、ぎゅっと締め付けられた。

「そうか。うん。洋太へのプレゼントだもんな。きっと頑張れば出せるよな」

スリングを揺らしながら、ぼくは「ふう」と、大きなため息をもらした。そうでもしないと、無理やりにでも洋太に頬ずりしてしまいそうだったからだ。

まさか自分がこんなにも子供好きになるとは——、正直、想像もしていなかった。かつてのぼくは子供の扱い方がさっぱり分からなくて、どちらかといえば苦手な方だったのだ。

「洋太、パパとママの子供に生まれてきてくれて、ホント、ありがとな」

言いながら、洋太のおでこを撫《な》でたら、なんだか意味もなくこみ上げてくるものがあって、涙腺《るいせん》がゆるみかけてしまった。

そんなぼくに、洋太は「あうあう」と可愛らしい声で返事をしてくれる。

と、そのとき、テーブルの隅っこでスマートフォンが振動した。チラリと画面に目を遣《や》ると、アプリのニュースの更新を知らせる着信だった。

なんだ、どうでもいいや――。

と、視線をはがしかけたとき、ぼくの目は「水」という文字を捉えていた。スマートフォンの画面に、日付と曜日が表示されていたのだ。

水曜日。

そうか。フリーランス生活で、すっかり曜日には無頓着《むとんちゃく》になっていたけれど、今日は水曜日なのだった。

ぼくは洋太を抱いたまま椅子から立ち上がると、サイドボードの下部にある抽《ひ》き出しのなかから、大切に保管してある一通の手紙を取り出した。そして、それを手にしたまま、ふたたび椅子に腰掛けた。

テーブルの上には、まだ何も書いていない真っさらなコピー用紙がある。その上に、ぼくは大切な手紙を広げた。

「洋太。パパはね、この手紙をもらったおかげで、いまがあるんだぞ」

ささやくように言って、ぼくは本当に久しぶりに手紙の文面に目を通しはじめた。

最初の一行目には、こう書かれている。

《わたしの水曜日を読んでくれるあなた、はじめまして。こんにちは》

そして、そこから先には、夢のような成功者の日常が描かれているのだった。

手紙の差出人は、ナオミさんという女性だった。

ナオミさんは、理想の「パン屋さん」のオーナーになるという夢を叶え、その店を繁盛店へと押し上げた敏腕経営者で、いまや店舗数も増え、時々おしゃれな雑誌で紹介されるほどだという。

しかも、ナオミさん自身は、従業員からも、お客さんからも愛され、家族は仕事を理解し、協力してくれて——と、まさに非の打ち所がない人生を送っているのだ。

この手紙を読んでいると、行間から幸せなぬくもりがにじみ出てくるようで、こちらの胸までほかほかしてくる。

かつてのぼくは、カッキーとの安定した生活を第一に考えていて、そのためなら夢をあきらめるという「自己犠牲」こそが正義だと信じていたフシがあった。でも、この手紙をもらったときから、その信念がじわじわと揺らぎはじめたのだ。つまり、フリーランスで活躍するという夢への憧《あこが》れが日増しに膨らんでいき、そのせいで以前にも増して小沼を妬み、そして、そんな自分がどんどん嫌になっていったのだった。

自己犠牲の先に本当の幸せはあるのか？

自分の人生をないがしろにしているぼくが、家族を本当に幸せにできるのか？

この手紙から漂いだす「幸せのオーラ」にあてられたぼくは、心を鷲摑《わしづか》みにされ、強く揺さぶられたのだった。

ナオミさんからの手紙の後半には、こんな一節があった。

《最近、分かってきたことがあります。それは、人が幸せになるには、いくつかの法則があるということです。たとえば、わたしがこれまでに実践してきたことは――》

そこから続けて書かれていた三つの法則こそが、まさに、いまのぼくの人生の羅針盤となっていた。

・自分の心に嘘をつかない。
・よかれと思うことはどんどんやる。
・他人を喜ばせて自分も喜ぶ。

幸せな成功者が直々に教えてくれたこの三行は、当時のぼくの胸のど真ん中を射貫《いぬ》いた。はじめて読んだときは、思わずスマートフォンでこの三行を写真に撮り、いつでも読み返せるよう待ち受け画像にしたほどだ。

ナオミさんは、きっと謙虚な人なのだと思う。なぜなら、この三行についてあれこれ解説している文章の言葉尻《ことばじり》には、やたらと《かも知れません》《ではないでしょうか？》などと書いてあるのだ。

そして、最後はこう締めくくられていた。

《あなたと、あなたの周りの人たちの未来が最高にきらきらしたものでありますように。いつも笑顔でいられますように。あなたが、あなたらしくいられますように。わたしの水曜日を読んでくださって、どうもありがとうございました》

「懐かしいなぁ……」

手紙を読み返したぼくは、ひとりごとのようにつぶやいていた。

かつてぼくは、「夢に挑戦します！」といった内容の、いま思えば恥ずかしいほどに熱い手紙を水曜日郵便局宛てに送っていた。そして、そのとき、局から転送されてきたのが、まさに運命的とも言える、このナオミさんからの手紙だったのだ。

「なあ洋太。運命とか奇跡って、きっとあるからな」

小声で話しかけたら、なぜか洋太は声を出して笑った。

そのピュアな笑顔に釣られて、ぼくもつい「ふふふ」と声を出して笑ってしまう。

と、次の刹那――。

ぼくは、笑顔のまま固まった。

遺書となる絵本のアイデアが、キラリと脳内に降ってきたのだ。

そうか！

タイトルは平仮名で『きみがわらうと』にしよう。

上機嫌のまま親指をしゃぶる洋太の顔を見詰めながら、そう決めた。

洋太が笑えば、ぼくが笑う。

ぼくが笑えば、きっとカッキーも笑ってくれる。

人は、笑うだけで勝手に楽しくなってくる。

そして、笑顔や、笑顔から生まれる楽しい気分が、物語のなかで波紋のようにどんどん広がって、つながって……、ふたたびキミのところに戻ってくる。

キミが笑うと、いつかまた、キミが笑う。

ハッピーのバトンをつないでいく物語——。

うん、悪くない気がする。

そもそも、この世界って、そういうところじゃないか、とぼくは思う。いまこの瞬間の気分が、現在の自分の在りようを創り出していて、そして、未来の在りようへとつながっていく。

風が吹けば桶屋《おけや》が儲《もう》かる、ということわざもあるし、一匹の蝶《ちょう》が羽ばたくと、その影響がどんどん大きくなって、遠く離れた場所で嵐が起きるという「バタフライ効果」なる考え方だってある。

洋太がいま笑えば、笑わなかった世界よりは、ハッピーな世界が展開されていくかも知れないのだ。

たとえば、家の近所を歩いている猫も、花の上で羽を休めるてんとう虫も、道端に咲くタンポポも、大海原でジャンプするイルカも、もちろん、ぼくたち人間も――、ただ生きているだけで誰かとすれ違い、大なり小なりこの世界に影響を与えているのだ。

そして、そのご縁がどこまでも連鎖していって、この地球の見知らぬどこかで、見知らぬ誰かに影響を与えている。

そう。この水曜日郵便局から送られてきた手紙のように、見知らぬ誰かの水曜日が、見知らぬ誰かの人生を変えていたりして――。

そういう感じの絵本がいい。

きっと、幸せの本質を描いた「遺書」になるはずだ。

ぼくは、なんだかやたらとロマンチックな気分を味わいながら、あらためてナオミさんが書いた便箋《びんせん》を手にしてみた。

一枚、二枚と、斜め読みしながらめくっていく。

三枚目には、この手紙のなかで唯一、文字列の乱れた箇所があった。

丁寧に万年筆で書かれた文字列のなかの、たった一文字だけが、まるで水で薄めて消されたように滲《にじ》んでいるのだ。そして、そこには漫画の吹き出しのようなものが付けられていて、短い言葉が書き加えられていた。

《そんな●しい家族がいてくれるおかげで、わたしは今日も「わたしらしい水曜日」を過ごせているのだと思います》

滲んで消えているのは「●」の一文字。

そして、新たに吹き出しで書き加えられているのは「とても優」という言葉だった。

つまり、《そんな「とても優」しい家族がいてくれるおかげで――》と修正されているのだ。

ぼくは勝手に想像してしまう。

きっとナオミさんは、いったん「優しい家族」と書いたのだが、「優」の字を水で薄めて消し、あえて「とても優しい家族」と書き直したのではないか。

支えてくれる家族にたいして感謝があふれている人だから、そう修正したに違いない。そして、そういう人だからこそ、みんなに愛され、こんなにも幸せたっぷりの成功者になれたのだろう。ナオミさんの「感謝」の思いが巡り巡って、ふたたび自分のもとに帰ってきたのだ。

ナオミさんは、いまもきっと、パンを通してこの世界の幸せの総量をどんどん増やし続けているんだろうなぁ……。

想いを馳《は》せたぼくは、手にしていた便箋をテーブルにそっと置き、その手で洋太の小さな背中をぽんぽんと叩きはじめた。

幸せになれ。

幸せになれ。

ナオミさんみたいに、キミも幸せになれ。

ナオミさんの手紙がパパを変えてくれたように、パパの描いた絵本が、キミの人生を素敵にできますように。

ぼんやり、そんなことを思いながらスリングを揺らしていたら、ふと、ナオミさんの手紙をたまたまぼくに送ってくれた水曜日郵便局の局員さんにも想いを馳せていた。水曜日の手紙という幸せのバトンを、ぼくにつないでくれた局員さんも、幸せになっていたらいいな……。

「洋太も、そう思うだろ？」

そっと話しかけたら、親指をしゃぶったまま洋太が「あうあう」と返事をしてくれた。

「お、意見が合った。さすが親子だなぁ」

ぼくは洋太に微笑みかけた。

「なあ洋太、楽しみにしてろよ。いまにパパが最高にハッピーな『遺書』を描いてやるからな」

何の根拠もなくハッピーな未来を夢想したこの瞬間、なぜだろう、ぼくは本当の意味でフリーランスとして生きていく覚悟を決められた気がしたのだった。

いまは、少しくらい、未来に不安があってもいい。

だって、どの道を選んでみても、どうせ「一長一短」なのだから。

「そうだよな、洋太」

腕のなかの小さなぬくもりに話しかけたぼくは、そのまま「ふわぁ」とあくびをしてしまった。

さてと。

今夜も、長い夜になりそうだな。

胸裏でつぶやいて、スリングをそっと揺らした。

そして、愛《いと》おしい小さな背中をぽんぽんと叩きはじめる。

ベストを尽くそう。

必ず、いい「遺書」を描くんだ。

すべては、本のために――。

夏川さんの厳しい声が、背筋を伸ばしたぼくの胸のなかで凜《りん》とこだました。

# あとがき

ぼくに「水曜日郵便局」というプロジェクトの存在を教えてくれたのは、執筆当時の女性担当編集者・Mさんでした。お酒が大好き（で、かなり酒豪）なMさんとは、しばしば都内の美味しい居酒屋で「打ち合わせ兼、飲み会」をしていたのですが、ある夜の酒席で、彼女は大きな目をきらきらさせながらこう言いました。

「じつは、森沢さんにぴったりの小説のモチーフを見つけてきました」

「……………」

正直いうと、次に書く内容は、ぼくのなかではすでに決まっていて、あらすじも書き終えていたのです。しかし、ほろ酔いのMさんの口から出てくる「水曜日郵便局」についての説明に耳を傾けているうちに、ぼくの内側は少しずつ動かされていき、

「そのネタ、面白いですね。やりましょう」

気づけば、そう答えていたのでした。

それはまさに、Mさんの言葉が、ぼくの未来を変えた瞬間です。

後日――、ぼくらは取材のために東北へと旅立ちました。

実際に稼働している「水曜日郵便局」の様子を見に行ったのです。

季節は冬で、作中に出てくる素掘りのトンネルの入り口には大きな氷柱《つらら》ができていました。「寒い、寒い」と言いながら、ぼくらは各所を巡ったのですが、その詳細については内緒にしておきます。小説（フィクション）の世界と実際の「水曜日郵便局」は色々と違うからです。とはいえ、現実も、とても風情のあるいい所なので、読者の皆様も旅してみてはいかがでしょうか？　ちなみに、ぼくが再び現実の「水曜日郵便局」を訪れるとしたら、きっと釣竿を手にしていくと思います（笑）。

取材のあいだは、美しいリアス式海岸の風景とも出会えましたが、一方で、そこかしこに東日本大震災の爪痕が残されていたので手放しには愉《たの》しめませんでした。

じつは、ぼく、三・一一の前日まで東北の海辺にいたんです。つまり、たった一日の違いで、もしかすると——、たぶん、そういうもやもやした憶《おも》いを抱えているからこそ、3章のキャラクター造形ができたのだと思います。

さて、最後になりますが、作中の手紙がキャラクターたちの人生を変えたように、Mさんの言葉がぼくを変えたように、この本にしたためた言葉たちが、あなたの未来をいっそう素敵に変えてくれますように！　読了ありがとうございました。

森沢　明夫

本書は、二〇一八年十二月に小社より刊行された単行本を加筆修正のうえ、文庫化したものです。

この作品は、水曜日観測所が主催するプロジェクト「鮫ヶ浦水曜日郵便局」をモチーフにしたフィクションです。

協力／水曜日観測所
P3 art and environment
遠山昇司

水曜日《すいようび》の手紙《てがみ》
森沢明夫《もりさわあきお》

令和3年 10月25日　初版発行
令和6年 11月15日　7版発行

発行者●山下直久

発行●株式会社KADOKAWA
〒102-8177　東京都千代田区富士見2-13-3
電話　0570-002-301（ナビダイヤル）

角川文庫 22868

印刷所●株式会社KADOKAWA
製本所●株式会社KADOKAWA

表紙画●和田三造


ISBN 978-4-04-111774-3　C0193

◆◇◇

# 角川文庫発刊に際して

角川源義

第二次世界大戦の敗北は、軍事力の敗北であった以上に、私たちの若い文化力の敗退であった。私たちの文化が戦争に対して如何に無力であり、単なるあだ花に過ぎなかったかを、私たちは身を以て体験し痛感した。西洋近代文化の摂取にとって、明治以後八十年の歳月は決して短かすぎたとは言えない。にもかかわらず、近代文化の伝統を確立し、自由な批判と柔軟な良識に富む文化層として自らを形成することに私たちは失敗して来た。そしてこれは、各層への文化の普及滲透を任務とする出版人の責任でもあった。

一九四五年以来、私たちは再び振出しに戻り、第一歩から踏み出すことを余儀なくされた。これは大きな不幸ではあるが、反面、これまでの混沌・未熟・歪曲の中にあった我が国の文化に秩序と確たる基礎を齎らすためには絶好の機会でもある。角川書店は、このような祖国の文化的危機にあたり、微力をも顧みず再建の礎石たるべき抱負と決意とをもって出発したが、ここに創立以来の念願を果すべく角川文庫を発刊する。これまで刊行されたあらゆる全集叢書文庫類の長所と短所とを検討し、古今東西の不朽の典籍を、良心的編集のもとに、廉価に、そして書架にふさわしい美本として、多くのひとびとに提供しようとする。しかし私たちは徒らに百科全書的な知識のジレッタントを作ることを目的とせず、あくまで祖国の文化に秩序と再建への道を示し、この文庫を角川書店の栄ある事業として、今後永久に継続発展せしめ、学芸と教養との殿堂として大成せんことを期したい。多くの読書子の愛情ある忠言と支持とによって、この希望と抱負とを完遂せしめられんことを願う。

一九四九年五月三日